**BIBLIOTECA
WALCYR CARRASCO**
HISTÓRIAS PARA A SALA DE AULA

Walcyr Carrasco
O golpe do aniversariante
e outras crônicas

4ª EDIÇÃO

MODERNA

© WALCYR CARRASCO, 2016
1ª edição 1996
2ª edição 2002
3ª edição 2007

COORDENAÇÃO EDITORIAL	Maristela Petrili de Almeida Leite
EDIÇÃO DE TEXTO	Marília Mendes
COORDENAÇÃO DE EDIÇÃO DE ARTE	Camila Fiorenza
DIAGRAMAÇÃO	Isabela Jordani, Cristina Uetake
ILUSTRAÇÕES DE CAPA E MIOLO	Marcelo Martinez
COORDENAÇÃO DE REVISÃO	Elaine Cristina del Nero
REVISÃO	Andrea Ortiz
COORDENAÇÃO DE *BUREAU*	Américo Jesus
PRÉ-IMPRESSÃO	Alexandre Petreca
COORDENAÇÃO DE PRODUÇÃO INDUSTRIAL	Andrea Quintas dos Santos
IMPRESSÃO E ACABAMENTO	A.S. Pereira Gráfica e Editora EIRELI
LOTE	790989 - CÓDIGO 12103064

Dados Internacionais de Catalogação na Publicação (CIP)
(Câmara Brasileira do Livro, SP, Brasil)

Carrasco, Walcyr
  O golpe do aniversariante e outras crônicas /
Walcyr Carrasco. — 4. ed. — São Paulo : Moderna,
2016. — (Série Histórias para a sala de aula)

  ISBN 978-85-16-10306-4

  1. Crônicas brasileiras I. Título. II. Série.

15-11238   CDD-869.8

Índices para catálogo sistemático:

1. Crônicas : Literatura brasileira   869.8

Reprodução proibida. Art.184 do Código Penal e Lei 9.610 de 19 de fevereiro de 1998.

Todos os direitos reservados

EDITORA MODERNA LTDA.
Rua Padre Adelino, 758 - Belenzinho
São Paulo - SP - Brasil - CEP 03303-904
Vendas e Atendimento: Tel. (11) 2790-1300
www.modernaliteratura.com.br
2024

Impresso no Brasil

Dedico este livro a Carlos Maranhão,
jornalista que me incentivou a escrever as crônicas.

Sumário

Apresentação da Antologia – Douglas Tufano 10

O cronista acidental – Walcyr Carrasco 12

Amigos e parentes

1. Salsicha, sorvete e férias 16
   Ele, publicitário, ela, economista, quase enlouqueceram com tanta ecologia. Fugiram ao entardecer, quando a luz elétrica desapareceu misteriosamente.

2. O golpe do aniversariante 19
   Fui apanhado em outra dessas festas-truque em um restaurante caríssimo, há algum tempo.

3. Os netos de Lennon 22
   Estive próximo de um ataque cardíaco certa vez em que decidi levá-lo para passear no shopping. Correr atrás dele pelas lojas equivaleu a um treino para disputar as olimpíadas. Ele simplesmente parecia incapaz de perceber o sentido da palavra não.

4. Amigos desconhecidos 25
   O fato é que a memória me trai, sempre. Olho, sei que conheço mas não associo o nome à fisionomia.

5. Amores grisalhos 28
   O grande problema são os filhos. Gente séria que, na adolescência, andou queimando sutiã e ouvindo rock and roll agora reclama quando os pais entram num grupo de terceira idade e renascem.

6. Carnaval na praia 31
   Foi encontrado no sétimo sono, na areia. Bicolor. Nem podia sentar, pois as costas começaram a repuxar no ato. A historiadora o cobriu de creme e ele ficou tão gorduroso quanto uma panqueca.
7. Mãe é contradição 35
   Voltava para encontrar uma dançando no seu colchão, outra brincando no elevador do prédio. Quase se ajoelhou quando a empregada ameaçou ir embora porque o garoto quis criar uma aranha num aquário.
8. Olhos Negros 38
   Ontem à noite, eu trabalhei até mais tarde e fiquei pensando nos seus bilhetes. Você me emociona. Amanhã eu vou saber quem é, na festa.
9. Férias das férias 41
   Conseguiram, finalmente, sentir o sol. Até perceberam que o menino, sempre emburrado, estava vermelho como um tomate. Voltaram.
10. Mordomias caninas... 45
    Gosto de cachorros desde criança. Só ando surpreso com o exagero: sei de uma mulher que enriqueceu cortando pelo e fazendo penteado nos bichinhos. Lojas com brinquedinhos para as feras se multiplicam.
11. Crueldades natalinas 48
    Até hoje ganho camisas floridas em cores lancinantes da minha genitora. Para fazê-la feliz, digo que gosto. Pior: uso, quando a visito em Santos. Outro dia, fui confundido com um guarda-sol.

No mundo de hoje

12. A revolta dos tios... 52
    Na minha infância, tia era a solteirona, que não arrumou marido — um horror na província. Hoje, não: fala-se em tio e tia com

toda a naturalidade, e a gente é obrigado a agir cordialmente, como se fosse elogio.

13. Calorias e culpas 55
    Prestes a iniciar o regime, me vejo na obrigação de ficar igualzinho a um modelo fotográfico. Eu, que nunca pensei em aparecer pelado na novela. Só me consola saber que não sou tão gordo assim. Imagino que, para os pesadões, a vigilância é bem pior.

14. Febre de liquidação 58
    Os vendedores, cercados, parecem astros da Globo envoltos pelos fãs. Dou duas cotoveladas em uns rapazes com ar de executivos e peço o tal paletó.

15. A morcega 61
    Um dia desses vi um garoto pintado de três cores. O filho de uma vizinha usa dois brincos dourados, um rubi no nariz e cabelos tão cacheados que noutro dia o cumprimentei pensando que fosse a mãe dele.

16. A vez do pavão 64
    Suspirei. Chegara a hora de exercitar meu charme inabalável, num coquetel. Tentei andar com o peito estufado, quase entortei a coluna.

17. A arte do assaltado 67
    Quando se vão, respiro fundo. Vitória! Os ladrões ficaram satisfeitos. Nunca mais achei o carro, mas fui elogiado por todos os amigos porque me comportei bem. É uma loucura.

18. Labirinto de teclas 70
    Apertou duas inocentes teclinhas e zapt! Tudo se apagou para sempre. Nunca conseguiram recuperar. O diretor e a produtora não se falam até hoje.

19. Brincos selvagens 73
    Começo a sentir coceira no nariz. Sei muito bem que o brinco está preso no dela, não no meu. Mas e daí? O que posso fazer se sou impressionável?

20. Homem na cozinha 76
Hoje, a culinária tornou-se um atributo tão importante para os homens como jogar futebol, quando eu era criança. Cozinha é coisa de macho, enfim.

De cliente à vítima

21. Gafes na linha 80
Quanto mais importante o figurão, mais importantes algumas secretárias se sentem. Ficam tão esnobes quanto a rainha da Inglaterra.

22. Princesas de butique 83
Vendedoras e vendedores revelam algumas das facetas mais demoníacas do ser humano. Não seria mais fácil se, simplesmente, vendessem?

23. Tijolo na cabeça 87
Eu sei, eu sei. Uma camisa de força seria pouco no meu caso. Eles largam o canil pela metade para arrebentar a casa.

24. Boticão de ouro 90
Muitas vezes tive vontade de fazer uma loucura. Amarrá-lo na cadeira e tratar eu mesmo seus dentes, um por um. Queria ver se acharia tanta graça no tal motorzinho.

25. Inflação de bruxos...93
Com o advento da Nova Era, a cidade vive uma inflação de bruxos. Sempre adorei uma leitura de sorte. Mas tornou-se impossível conversar sem se saber tanto quanto um sacerdote egípcio.

26. Torturas domésticas..97
As mulheres sofrem mais nesses casos. Encanadores e eletricistas acham que elas sabem menos do que um homem e tratam de enrolar. Uma amiga quis resolver um entupimento.

27. Terno χ tênis..101
Analisar uma pessoa pelo que ela veste só dá confusão, pois atualmente, à primeira vista, um encanador e um milionário correm o risco de andar com roupas parecidas.

28. Cheque em xeque 105
Faz pouco tempo, estive em um hipermercado de uma rede que está em todo o país. Fiz o cheque. A caixa apertou um botão, acendeu uma luzinha. Explicou que precisava conferir. Esperei meia hora. Ninguém apareceu.

Apresentação da antologia
Douglas Tufano

Ler as crônicas do Walcyr Carrasco é sempre um prazer. É como conversar com um amigo que sabe contar histórias curiosas e engraçadas. Aliás, o bom cronista nada mais é do que um bom contador de casos. E temos muitos em nossa literatura, como Carlos Drummond de Andrade, Fernando Sabino, Luis Fernando Verissimo, entre tantos outros. E Walcyr Carrasco faz parte desse time, sem dúvida alguma.

Uma das características da crônica é o uso da linguagem coloquial, de fácil comunicação com os mais diferentes leitores. Por isso, sugiro que leiam as crônicas em voz alta, recuperem essa coloquialidade que dá um sabor especial às histórias aqui contadas.

Tratando de temas cotidianos, Walcyr vai tocando em questões que hoje afetam todos nós. Afinal, quem já não sofreu nas mãos de encanadores ou eletricistas? Quem já não foi esnobado num restaurante chique ou numa loja moderninha? Quem já não sofreu problemas no trânsito? Quem já não teve crises ao olhar seu corpo no espelho?

Esses assuntos certamente vão despertar muitos comentários em uma roda de amigos; por isso, as crônicas são um bom ponto de partida para debater as mais variadas situações que enfrentamos hoje em sociedade. É interessante a provocação ao se perguntar como cada uma reagiria se a discussão no trânsito fosse com ele. Ou o que faria se um conhecido trouxesse crianças bagunceiras ao seu apartamento ou se fosse tratado de forma arrogante por uma secretária.

O cronista parte da vida para criar seus textos. O leitor pode fazer o caminho inverso: partir das crônicas para voltar à vida e comentá-la. No depoimento sobre seu trabalho, que está neste livro, Walcyr diz que aprendeu muito com as crônicas. Elas aguçaram seu espírito crítico, fizeram com que ele passasse a observar a realidade de um modo mais profundo. Ele aprendeu a "buscar graça na loucura cotidiana".

Por isso, tenho certeza de que o Walcyr gostaria de saber que suas crônicas readquirem vida e se transformam em estímulos para debates sobre os relacionamentos humanos. Afinal, literatura e vida não se separam.

O cronista acidental
Walcyr Carrasco

— Escrever crônicas? Mas eu nunca...

— Você escreve bem, tem um texto divertido... faça uma. Prometo ser sincero.

Era exatamente o que eu mais temia: sinceridade! Todo mundo adora dizer que gosta que as pessoas sejam francas, digam o que realmente acham etc. etc. Pode ser, mas muita sinceridade só serve para me deixar nervoso. Principalmente quando a sinceridade vem depois do trabalho feito, quando não há mais jeito de consertar. Já perpetrei várias peças de teatro. O dia da estreia é um dia de nervos. É quando os amigos, conhecidos e gente da classe artística comparecem em peso. Nada pior do que, depois do espetáculo, ficar no saguão ouvindo preciosidades.

— ... Sabe que até que é legal? Mas ficaria melhor se...

Em termos de franqueza, até hoje o pior comentário foi de meu irmão mais novo. Acabara de estrear uma comédia de minha autoria, *Batom*. O público rira demais e eu estava com aquele sentimento de alívio que acontece quando o autor descobre que uma comédia não é uma tragédia. O mano aproximou-se, fulgurante:

— É muito, muito engraçado.

Sorri, preparando-me para o elogio. Ele grunhiu:

— Também, com esses dois atores, até um catálogo telefônico ficaria divertido.

Quase engasguei com o refrigerante. Em seguida, fugi de tanta franqueza.

Assim, logo após o telefonema de Carlos Maranhão, então editor executivo da revista *Veja São Paulo*, eu tremia ao me sentar em frente ao computador. Autor de teatro, de vários livros infantojuvenis, séries de televisão, redator e repórter, eu me sentia uma criança diante da possibilidade de escrever uma crônica. Por outro lado, a ideia era tentadora. Na imprensa brasileira, poucos são os espaços destinados a escritores. Minha vaidade entrou em ebulição. Era impossível não tentar. (Aliás, devido a minha personalidade, raramente digo não sem tentar.) Só havia um problema: eu não sabia o que era crônica.

Liguei para várias pessoas, as definições eram vagas.

"Crônica é um texto curto, sempre na primeira pessoa."

"Crônica é um gênero no limite entre a ficção e a realidade."

"Crônica é crônica, ué!"

Claro que seria muito fácil se houvesse uma fórmula. Dificilmente fórmulas funcionam para os escritores. Ou melhor, os que seguem receitas em geral são péssimos. Descobri que as crônicas acontecem em um campo difuso, com fronteiras elásticas. Às vezes, uma crônica é quase um conto. Outras, pura reflexão pessoal.

De tanto pavor com a sinceridade do Maranhão, escrevi sete e enviei. Ele odiou seis, adorou uma: "A vez do pavão". E avisou:

— Vou publicar. Mande a próxima até sexta-feira que vem!

A próxima, a próxima! Quase chorei. Sentei em frente ao computador e disse em voz alta:

— Sobre o que é que eu escrevo?

Olhei pela janela do apartamento, vi os prédios, janelas com luzes acesas, ouvi o ruído dos carros. Pensei:

— Sobre isso aqui. Sobre a experiência de estar aqui, de viver aqui. Sobre os espinhos do cotidiano.

Muita gente me pergunta se tudo de que eu falo acontece mesmo, ou se invento. Vivo me inspirando em histórias de amigos, em coisas de que ouço falar. Na realidade, enfim. Mas também costuro acontecimentos entre si, dou um toque pessoal, exagero, busco o humor que faz parte da vida na grande cidade. Meu estilo é rir para não chorar. Parece que deu certo. Escrevi durante anos para a *Veja São Paulo*, onde as crônicas deste livro foram publicadas pela primeira vez. Atualmente escrevo para a revista *Época*. Os leitores elogiam, criticam, reclamam. Frequentemente encontro com jovens, gente que está abrindo a cabeça, e fico feliz de saber que gostam do que escrevo. Ouço falar das crônicas em festas, nos shoppings. (Se todo mundo tem o direito de ser sincero, por que eu não tenho também?)

Tudo começou assim, de surpresa, quase como um acidente. Hoje, não viveria sem minhas crônicas. Aprendi muito com elas. A observar o dia a dia com um crivo mais agudo. A buscar graça na loucura cotidiana. A rir, até de mim mesmo. Quantas vezes não faço piada até de minha própria barriga que, entra regime, sai regime, continua tão roliça? Descobri, enfim, que a crônica é uma coisa viva. E que até nos momentos mais críticos a gente sempre pode dar uma boa risada.

Amigos e parentes

1. Salsicha, sorvete e férias

Passaram o ano todo esperando. Pouparam centavos. Não trocaram de carro. Deixaram a pintura do apartamento para outro semestre. Mas estava na hora de tirar férias em família.

— Quero esquecer a poluição, o barulho, as buzinas — disse ela.

— Será uma nova lua de mel — prometeu ele. — E teremos chance de conviver com as crianças.

As crianças: um casal de anjinhos que só viam à noite, ao voltarem do trabalho. Alugaram uma casa para o mês, numa estância verdejante.

— Quero ir para Disney — berrou o menino.

O pai explicou pacientemente: outro ano. Melhor ver o verde do que torrar as verdinhas. E nada mais importante do que estar em família.

— Você prefere a mim ou ao Mickey? — arrematou, sedutor.

O olhar raivoso do garoto não deixou dúvidas quanto à opção. Se Freud fosse vivo, descobriria que o amor pelo Pato Donald, pelo Batman ou pelas Tartarugas Ninjas bate qualquer complexo de Édipo. Acalmadas as emoções, partiram. Viagem razoavelmente tranquila. Só foram abalroados por seis caminhões e atirados à beira do abismo por uns vinte carros. Chegaram incólumes, abriram o chalé nas montanhas.

— Que delícia de ar puro! — disse o pai.
— Cadê o mar? — pediu a menina.

Quando descobriu que não estava na praia, começou o berreiro. Queria catar conchinhas. A mãe sorriu, tentando amenizar:

— Vamos comer!

Foram para a cozinha. Ela olhou desanimada para aquela imensidão de panelas. Tinha mais facilidade para lidar com projetos de marketing do que com escumadeiras.

— Não é melhor pedir uma pizza?

Ele rosnou. Estavam na montanha. Sem telefone. Junto com a natureza. Em paz. Ela fez beicinho. Ele agarrou a panela. Fez um espaguete ao pesto, especialidade elogiadíssima pelos amigos. As crianças detestaram. Pediram salsicha, chorando. A mãe, descabelada, serviu. Os pimpolhos comeram. Mas com geleia de morango.

— Salsicha com geleia não faz bem — lamentou-se o pai.
— Como é que você sabe? — desafiou o menino.

Não sabia. Calou-se, derrotado. O casal foi fazer a cama. Depois, debruçou-se na janela:

— Ouça os grilos — ele disse.

Ela ouviu um ai. Outro ai. Ai, ai! As crianças! Correram. A menina espetava um sapo, que pulava na direção do garoto. A mãe disse para não brincarem no escuro. Podia haver cobra. O menino pediu para ver uma. Ouviu-se um animal correndo pelo mato. O pai gritou, agarrou as crianças. A mãe achou uma lanterna e descobriu um coelho. As crianças morreram de rir. Em seguida, choraram.

— Cadê a televisão? — lamentou-se a menina. — Quero voltar!

Acalmaram os ânimos com chocolates guardados para uma emergência. Caíram na cama, exaustos. Dormiram até o sol raiar. Exatamente até o primeiro raio. Pois um galo cacarejou, fazendo mais barulho do que uma britadeira. Acordaram. Descobriram que o som vinha de uma tapera próxima. Andaram até lá, na esperança de conseguir leite recém-ordenhado. Os moradores só tinham em pó. Ele comprou o galo.

— Para quê?

— É bonito.

Voltaram com o galo numa cesta. As crianças já estavam acordadas. O menino olhava o *video game*, inútil sem TV, desconsolado. Ela queria *sundae* de morango. Os dois estavam roxos de picadas de borrachudos. A mãe correu para a cozinha. Um bolo ia bem! Queimou. O menino tentou arrancar as penas do galo, levou uma esporada. A menina foi catar pedrinhas, caiu no riacho. O pai tentou lavar roupas e manchou todas. O gás acabou. O chuveiro quebrou. O garoto enfim achou uma cobra e trouxe para casa. Ele, publicitário, ela, economista, quase enlouqueceram com tanta ecologia. Fugiram ao entardecer, quando a luz elétrica desapareceu misteriosamente.

Abandonaram o galo numa encruzilhada, para ver se dava sorte, e entregaram as crianças para a avó, que adora fazer doces. Voltaram para o apartamento. A cidade, calma. Tranquila. Sem trânsito. Cinemas sem filas. Restaurantes. Tempo à disposição. Poder relaxar, sem compromissos. A cidade, só para eles.

Férias, finalmente.

2. O golpe do aniversariante

Sou um dos primeiros a chegar. Estou no restaurante, o indiano mais requintado de São Paulo. Na mesa já prevista, a aniversariante me espera, radiosa. Beijos trocados. Recende a perfume francês. Ofereço meu presentinho. Coisa simples, porque os tempos... Ela abre um sorriso de madrepérola:

— O importante é você ter vindo!

Sinto-me aquecido, sem perceber exatamente o que estava por trás daquelas palavras. Chega um grupo aos gorjeios. Pedem os pratos. Estou extasiado e, francamente, também morrendo de inveja. Até um ano atrás minha amiga não podia dar festa nem na porta da padaria. Que evolução mais rápida! Ganhou alguma herança, será? Reflito: talvez esteja realizando um sonho. Estourando a poupança, coitada. Decido ser discreto. Recuso o uísque. Peço o prato mais simplesinho. Ela que coma camarões, é o seu dia!

Um grupo animado, no fim da mesa, se esbalda nas luxúrias. Penso, com o coração apertado, quanto ela vai gastar. Logo descubro: nada. Quando chega a dolorosa, ela dá um sorriso diáfano e começa a elogiar a própria festa com a pessoa mais próxima. Durante algum tempo, o silêncio pesa mais que os temperos indianos. Alguém finalmente diz baixinho:

— Vamos dividir?

Rápida, a aniversariante oferece:

— Quer uma calculadora?

Minha garganta ferve, sinto que meu nariz está igual a uma tromba de elefante. Tenho de pagar por todos os camarões que não comi, o vinho que não provei, enquanto os gulosos rolavam sobre as especiarias. A malvada sorri:

— E a minha parte?

Nós todos nos apressamos a dizer que aniversariante não paga. Quase tenho uma congestão, enquanto ela desfruta o sucesso de uma festa cujo valor teria pago seu saldo do apartamento. Penso até em tomar o presente de volta.

Descubro que essa é a última moda na cidade. Os aniversariantes fazem festas em restaurantes e casas noturnas. Convidam, mas não avisam que os custos são por conta do amigo incauto. Uma conhecida foi, dia desses, com o namorado, a uma boate elegante. Imaginou que o dono da festa tivesse fechado parte da casa. Abraçou-o com lágrimas nos olhos pela glória. O que pedia o garçom trazia. Ao sair, foi barrada na porta:

— A senhora não pagou a conta.

Ela sorriu, cordial:

— Sou convidada.

Descobriu que o convite só isentava da consumação obrigatória. Quase foi parar na polícia. Ela e o consorte andam numa dieta à base de água e batata *chips* até hoje, para driblar o cheque especial. Não foi a única. Certa noite, um cantor famoso foi visto na porta de uma boate chique na mesma situação: tentando se safar de um aniversário. Venceu.

É incrível como nessas horas as mulheres se mostram rápidas em esquecer certas conquistas do feminismo para se comportar como *ladies* inglesas do século XVII. Fui apanhado em outra dessas festas-truque em um restaurante caríssimo, há algum tempo. Um rapaz elegera um grupo para celebrar a idade da namorada. Quando a nota chegou, parecia conter material radiativo. Ninguém tocava. Até que um cavalheiro propôs a divisão: entre os homens!

Não houve nem um trinado de protesto. Todas as universitárias, profissionais liberais e mesmo uma empresária capaz de usar óleo fervente em devedores relapsos sorriram docemente, dando pequenos suspiros ancestrais. Eu, que fui sozinho, além de pagar a bebida alheia, ainda por cima dividi o cardápio da namorada de algum felizardo.

Por isso aprendi: hoje, quando recebo um convite, viro e reviro. Salvei-me, recentemente, ao notar a ressalva, numa festa em uma danceteria da moda: "Isento de consumação". Ah, é? Só não consigo entender por que as pessoas não festejam em casa, talvez pedindo que a gente leve uma bebida. Parece que se sentem mais chiques em lugares da moda.

Faz dois dias, ouvi na minha secretária eletrônica um recadinho justamente da mesma espertinha com quem iniciei a história:

— É meu aniversário. Vou ficar muito triste se você não for!

Chore. Do que adianta um prato de lagosta se, no final, minha carteira será agarrada por tenazes?

3. Os netos de Lennon

Nada como umas boas férias para sofrer uma crise histérica com as crianças. Não com todas, é claro. Refiro-me a um tipo especial de anjinho, cada vez mais frequente na cidade. Seus pais, tios e avós amavam os Beatles e os Rolling Stones. Frutos de uma omelete de teorias libertárias, as gracinhas podem tudo — e atormentam a todos. Há três semanas, um casal foi almoçar lá em casa, com a filha. Servi macarrão com molho ao pesto. A sinhazinha, do alto de seus 7 anos, experimentou, torceu o nariz e declarou aos gritos:

— Está horrível, horrível!

Disfarcei, achando que a mãe devia estar morta de vergonha. Coisa nenhuma. Estava feliz, até orgulhosa:

— Minha filha é muito autêntica.

A autêntica começou a bater a colher no prato, espalhando o molho verde pela toalha de renda. Arreganhei os lábios, tenso. O pai sorriu:

— Acho que você não foi muito feliz no cardápio. Ela prefere *sundae*. Tem mania de misturar sorvete com bacon.

Prometi intimamente servir dobradinha com açúcar queimado se alguma vez os encontrasse de novo pela frente. Quando eu era pequeno, minha mãe me obrigava a comer um pouco e fingir que gostava. Agora, devo continuar gentil enquanto a jovem *gourmande* atira um fiapo de espaguete nos meus óculos.

Recentemente, em uma livraria, vi um menino correr entre as prateleiras, derrubando alguns livros, como se ali fosse o *playground* de sua casa. A mãe assistia à cena placidamente. Conheço outro garoto que, mal chegado à casa alheia, atira-se com os sapatos sujos sobre o sofá, pula nas almofadas e agarra os cinzeiros de vidro sem ouvir um ah! da mãe, que mantém a expressão extasiada porque ele "é muito esperto". Estive próximo de um ataque cardíaco certa vez em que decidi levá-lo para passear no shopping. Correr atrás dele pelas lojas equivaleu a um treino para disputar as olimpíadas. Ele simplesmente parecia incapaz de perceber o sentido da palavra *não*. Para os espíritos aventureiros, o ideal é ir no fim de semana a algum shopping da moda e conviver com a nova geração de superliberados. São centenas de crianças agitadas como abelhas e propensas a trombar nas pernas alheias, como se os adultos fossem um trambolho incômodo. Pior: o espírito antirrepressor da educação parece resultar em pequenas personalidades autoritárias.

— Pai, eu quero pizza já!
— Mas...
— Já, pai, agora mesmo!

Muitas têm manias que me surpreendem. Levei um susto no restaurante japonês. A menina, de uns 8 anos, chegou com os pais. Pediu, sofisticada:

— *Sushi*. Mas só de atum, com pouca mostarda. Cuidado, da outra vez você exagerou. Rápido, estou com fome.

O *sushiman* ficou olhando, chocado, com a faca erguida. Fechei os olhos. Quando abri, ela comia agilmente, com os palitinhos nipônicos. Já vi cenas semelhantes em lojas. Um garoto:

— Este tênis nunca, nunca!

O pai, tímido:

— Mas é igual ao outro e mais barato, filho.

— Eu só uso da minha marca!

Muitas crianças conhecem grifes, perfumes, a maioria tem um pé na computação, nenhuma resiste a um *video game*. Fazem os pais comprar o que querem e, por isso, os lojistas as recepcionam com sorrisos e suspiros. Perdi uma grande amiga por causa do rebento. Resisti a tudo: mordidas nas almofadas, livros rasgados. Até o dia em que esqueci a porta aberta e ele se pendurou no murinho da varanda do 6º andar, onde vivo. Gritei, assustado:

— Sai daí, você vai cair.

O anjinho sorriu, uma das pernas balançando no espaço. Olhei para o lado: a mãe folheava uma revista calmamente. Eu me senti o próprio Indiana Jones. Dei três saltos, mergulhei de cabeça e o atirei ao chão. A mãe veio, furiosa:

— Você não tinha o direito. Deixou o menino fora de si. Impediu que ele tivesse a experiência integralmente. Como é que a cabecinha dele vai reagir?

— Cair do 6º andar é uma experiência integral?

Muitas vezes, minha vontade é dar um belo beliscão à antiga em alguns desses netos de Lennon. Mas me contenho. A culpa afinal não é deles, mas de uma geração de pais com horror à palavra *não*. E um *não*, sinceramente, não faz mal a ninguém.

4. Amigos desconhecidos

— Oi, tudo bem?

Sinto o sangue gelar. Aconteceu, novamente. Não tenho a menor ideia a quem pertence o rosto sorridente. Ela me acena, de sua mesa. Estou em um restaurante sofisticado, com um amigo. Eu me levanto, apavorado. Arrumo os lábios, adoto uma expressão de suprema felicidade e vou até lá.

— Oi, que bom ver você! — digo.

Sei que estou tão expressivo quanto uma jaca. O fato é que a memória me trai, sempre. Olho, sei que conheço mas não associo o nome à fisionomia. É um defeito comum entre jornalistas, vendedores e outros profissionais que lidam com muita gente. Vejo o rosto rechonchudo, os cabelos escuros, e reflito angustiado: namorei? Entrevistei? Briguei? Tento um estratagema: apresento meu amigo, sem dizer o nome dele, nem o dela. Meu amigo me salva:

— Como é mesmo seu nome?

— Danielle Curia!

Respiro aliviado. Agora sei. Certa vez, há anos, ela e uma sócia romperam. Foi um auê que comoveu boa parte dos estilistas paulistanos. Ela gravou uma fita com os termos delicadíssimos da discussão e eu noticiei a história toda. Para ela, foi inesquecível. Mas certamente não esperava tanto entusiasmo no meu cumprimento.

Pior aconteceu a um amigo meu. Estava numa festa. Viu uma das grandes paixões de sua vida. Correu até ela com os dentes abertos como os de um jacaré.

— Você aqui?

— Ahn?

— Não se lembra de mim? A gente passou um fim de semana fantástico em Porto Seguro — tentou, mais tímido.

— Você é... você é... huuummm...

Balde de água fria maior não pode haver. Para não cortar amizades esquecidas devido à falta de fusíveis cerebrais, desenvolvi um método de identificação.

Quando alguém cumprimentar com ar de velho conhecido, faça uma expressão de êxtase. A pessoa pode tê-lo visto apenas uma vez, na fila do banco, e estranhar o exagero. Mas você estará a salvo se, por exemplo, for um antigo colega de trabalho a quem confidenciou todos os detalhes de sua vida amorosa, em certa época. A operação tem de ser rápida.

— Onde você está agora?

O amigo desconhecido pode dizer que mudou de emprego e fornecer dicas valiosas para a localização. Há, porém, o risco de piorar as coisas, quando respondem:

— No mesmo lugar de sempre.

Nesses casos, invente um pretexto e fuja até algum amigo mais íntimo. Pergunte:

— Quem é aquele lá?

— O dono da festa.

— Ihhh!

Dê um cartão, torcendo para que a pessoa também ofereça o seu. Outra alternativa é pedir o telefone. Pegue um papel e uma caneta e ofereça.

— Escreva com sua letra, porque a minha é horrível.

Jamais use a agenda do celular. A pessoa esperará que você abra os contatos na letra do nome dela. É terrível entregar a agenda aberta, digamos, na página do R.

— Mas meu nome é com M!

— Ponha no R. É onde estão as relações importantes.

Existe um método infalível: a verdade. Enfeitada com um pouco de glacê, é claro. Funciona melhor com o sexo oposto. Você está em um bar, numa festa ou no corredor de uma empresa. Ela se aproxima, esvoaçante:

— Você aquiiiii!

Faça um ar sério e surpreso:

— Desculpe, não me lembro de você.

Seja forte para enfrentar a expressão dolorida de decepção. Continue:

— Como você se chama?

Desenxabida, ela revelará o nome. É aí que entra o lance precioso dessa técnica. Arregale os olhos. Assuma um ar maravilhado:

— Você? É você, de verdade? Mas o que você fez? Está mais jovem, mais magra. Como eu iria saber que era você? Você... está linda demais!

Sempre dá certo. Mesmo que não acredite, ela jamais resistirá ao elogio.

5. Amores grisalhos

Quando cheguei em casa, minha mãe colocou o tricô de lado, ajeitou os óculos e disse, com voz trêmula:

— Preciso falar com você.

"Lá vem problema", refleti, com a lógica dos filhos. Quando alguém com 65 anos vem visitar o rebento e pede conversa séria, já se imagina algum achaque da velhice. Porém, quem quase teve um enfarte fui eu, ao ouvir a verdade dos fatos.

— Estou namorando.

— O quê, mamãe?

— Por que esse espanto, sou viúva, não tenho o direito?

Suspirei, surpreso com as voltas que o mundo dá. Tivemos a mesma conversa, com os papéis trocados, quando eu tinha uns 12 anos. Na época, ela se revoltou com a minha escolha:

— Justo aquela? Uma menina sem sal e sem açúcar!

Agora cabia a mim opinar. Quis saber quem era.

— Um senhor do prédio vizinho. Foi ferroviário, como seu pai. Ele me trata bem: todo dia me traz um agrado. Ontem me deu três mamões papaia.

"Pelo menos, esperto ele é", pensei intimamente. "Ela sempre foi prática. Nunca gostou de flores."

— Você gosta dele, mãe?

— Adoro.

— Então, vá em frente. Muitas amigas minhas de 30 têm menos sorte.

Ela retomou o tricô com um sorriso no rosto enrugado. Mais tarde, encontrei com uma amiga. Narrei o episódio. Ela espantou-se:

— Você não ficou preocupado?

— Se fosse um surfista de 25, talvez eu estivesse, e muito. Mas ele tem 63.

Nos dias que se seguiram, surpreendi-me com o choque das pessoas.

— Mas como, namorando com 65 anos? Não faz mal? — quase gritou uma conhecida.

Um amigo cortara relações com a mãe viúva quando ela se casara de novo.

— Não piso mais na casa dela. Não suporto aquele homem.

— Quem tem de suportar é ela, não você — retruquei.

Outro me confessou que, quando a mãe quis se casar, há dez anos, foi tal o escândalo provocado por ele e pelos irmãos que a pobre senhora desistiu. Atualmente, ela não se aguenta de solidão, porque os filhos jamais podem visitá-la. O rapaz gemeu.

— A gente devia ter permitido. Teria sido melhor.

Também ouvi falar de vários casais que se apaixonaram depois dos 70. Minha geração viveu a revolução sexual. Talvez a dos meus pais esteja, agora, entrando nas trincheiras. É algo que ocorre apenas nas grandes cidades, onde ninguém tem tempo para ninguém e os velhos acabam sozinhos. Não é à toa que a gente de cabelo branco anda em busca de novas emoções.

O grande problema são os filhos. Gente séria que, na adolescência, andou queimando sutiã e ouvindo rock and roll agora reclama quando os pais entram num grupo de terceira idade e renascem. É o caso de uma advogada, ex-hippie:

— Mãe, quando eu era mocinha, você me proibia de entrar em carro de namorado. Agora, tingiu o cabelo, está usando minissaia e se inscreveu num curso de dança de salão!

— Quero curtir enquanto é tempo. Aprendi rumba!

Saiu, balançando as cadeiras.

Revolta pelas repressões do passado ou inveja porque a vida dos pais está ficando muito mais interessante do que a própria? Por que não, afinal?

O melhor de tudo é que as histórias de amor provectas tendem a ser mais duradouras. Nessa fase, ninguém tem disposição para ficar namorando e separando, e um tende a relevar as manias do outro. Quem criou filhos como eu e meus amigos deve ter mesmo uma paciência inesgotável.

Por falar nisso, e minha mãe?

A história que contei tem cinco anos.

Tirou a roupa escura, pintou as unhas e continua apaixonada.

Sempre, muito feliz.

6. Carnaval na praia

Poucas amizades resistem a um carnaval passado na praia. Foi o caso. Eram dois casais, tão íntimos que um era padrinho do outro. O engenheiro e o publicitário jogavam bola desde crianças. A mulher do primeiro, historiadora, falava todos os dias ao telefone com a do segundo, ceramista. Alugaram juntos uma casa numa ensolarada praia do litoral paulista. Foram ao supermercado, encheram os carros de cerveja, macarrão e picanha. O publicitário tinha o mapa, e resolveram sair juntos. No último instante, a surpresa.

— É minha prima psicóloga — explicou a ceramista. — Convidei, tudo bem?

A psicóloga sorriu, amigável. O engenheiro pensou: "E o supermercado? Ela devia dividir". Não teve coragem de tocar no assunto. Ninguém tocou. A estrada foi o martírio habitual dos feriados. A custo, na noite fechada, encontraram a casa. A chave não funcionou. Enquanto o marido entrava pelo vitrô da cozinha, a historiadora suspirou.

— Isto aqui é um paraíso.

— Tem borrachudo — constatou a psicóloga. — Trouxe repelente?

Nos olhos da historiadora, um cintilar de terror: claro que não. Nesse instante, o engenheiro abriu a porta pelo lado de dentro. Entraram, animados. A primeira reação foi semelhante à dos convidados do castelo do conde Drácula — uma perplexidade total com o odor de mofo. O publicitário sorriu:

— É que o sujeito que alugou para mim é amigo de um amigo meu e só aluga para gente conhecida. Senão deixa fechada.

Otimistas, descarregaram o carro. O engenheiro pegou uma sacola de cervejas e abriu a geladeira. Um rato pulou de dentro

— Ahh — gritou, enquanto as garrafas quebravam no chão.

O publicitário fingiu que achava tudo normal. Como tinha alugado a casa, assumiu o papel de defendê-la de todos os seus defeitos. Sorriu diante da água barrenta das torneiras, do chuveiro quebrado e dos dois quartos — não eram três? Até a ceramista reagiu:

— Se soubesse, não tinha convidado minha prima.

— Não se preocupe, vou para um hotel — retrucou a psicóloga.

Houve uma curta sessão de "deixa disso" e a ofendida ficou na sala. Duas horas depois, o arrependimento: a psicóloga roncava como um avião, e os outros passaram a noite se remexendo nas camas. De manhã, ela fresca e remoçada. Roendo os dentes, os dois casais a acompanharam à praia. Que sol! O engenheiro deitou de bruços na areia e adormeceu. Depois, o publicitário fez um macarrão com vôngole — adorava cozinhar. Serviu o almoço às 4 da tarde. As mulheres em torno da mesa. Mas e o...?

Foi encontrado no sétimo sono, na areia. Bicolor. Nem podia sentar, pois as costas começaram a repuxar no ato. A historiadora o cobriu de creme e ele ficou tão gorduroso quanto uma panqueca. Não faltaram aplausos ao cozinheiro. Encantado, ele declarou.

— Agora, uma de vocês lava a louça.

— Por quê? — inquiriu a psicóloga. — Porque somos mulheres?

— Eu cozinhei, vocês lavam.

— Cozinhar pra você é um prazer. Nós compartilhamos a sua felicidade ao comer seu macarrão.

A historiadora se aliou à tese:

— Se você pedisse, eu teria cozinhado. Não suporto pia.

Rosnando, o publicitário olhou para a mulher. Ela não se fez de rogada.

— Você sempre tenta impor sua forma de ver as coisas.

— E você sempre está contra mim.

Começou o bate-boca. A ceramista correu para o quarto. O publicitário foi para a pia. De noite, a historiadora, com os braços gordinhos das picadas dos mosquitos, abriu uma lata de atum e todos fizeram sanduíches, menos a psicóloga e a ceramista, que acusou:

— Você disse que ia cozinhar.

— Peça para sua convidada que até agora não pôs a mão no bolso, por sinal. Vou cuidar do meu marido.

Ofendidas, as duas foram a um bar das imediações. Com as costas em chamas, o engenheiro acusou o publicitário de ter escolhido mal a casa. Discutiram. Às 5h da manhã, quando ouviu a mulher chegando às gargalhadas, com a psicóloga, entoando uma marchinha, o publicitário partiu, com os pneus cantando, decidido a se desforrar nos bailes, em São Paulo. Foi sua sorte. Os outros foram levados para inquérito, por arrombamento e invasão de domicílio. Estavam na casa errada. Culpa do mapa ou do publicitário? Não se sabe, pois nunca mais ninguém se falou.

7. Mãe é contradição

Mãe sofre, essa é a verdade. Secretária de diretoria de uma grande empresa, ela vivia suspirando.

— De que adianta ser mãe, se não tenho tempo para ficar com meus filhos?

Penou para conseguir férias ao mesmo tempo que as crianças. Refugiou-se em um hotel fazenda. O marido só ia encontrá-los nos fins de semana. Ela passou quinze dias em êxtase, vendo os três pimpolhos, de pendores artísticos, atléticos e científicos, torrarem a energia no gramado ou aprendendo a andar a cavalo. Só um momento de choque: quando Joãozinho começou a espirrar. Tinha alergia a ar puro.

— Que mundo é esse em que vivemos? — chocou-se.

Voltou para a cidade mais gorda (o bufê *self-service* do hotel era irresistível). Beijou o marido longamente:

— Finalmente, vamos ter vida de família!

Sentou-se no sofá, tirou os sapatos, aninhou-se. As três gracinhas não tinham, porém, nenhum talento para se comportar como aves num poleiro. Em minutos, ela descobriu, horrorizada, que a energia gasta nos gramados seria agora exaurida no carpete. A menorzinha entrou na sala dançando. Estudava balé, a artista. O marido aplaudiu, enquanto a pequena graça apresentava *pliés* e *jetés* em frente da televisão. Ela percebeu que ia perder o melhor capítulo da novela, mas se conformou. Qual mãe que não se curva perante o talento da filha?

— Que linda essa roupinha de cigana! Onde você arrumou?

— Minhas gravatas de seda! — gritou o marido, executivo de alto nível.

Realmente: recortadas, as gravatas faziam um belo efeito. Mal tiveram tempo de se refazer da surpresa: o cientista apareceu com um litro cheio.

— O perfume que eu inventei!

Uma delícia. Nem poderia deixar de ser. O aspirante a químico tinha misturado todas as fragrâncias francesas que ela, a duras penas, comprara no shopping. Nem teve tempo de gritar. Ouviu-se um barulho no banheiro, correram todos: a do meio tinha se cortado ao tentar fazer a barba. Sim, a barba! O pai quis explicar, durante o curativo:

— Menina não tem barba!

— Mas eu quero ter!

— Ai, meu Deus! — gemeu a mãe.

Os pais foram se deitar exaustos, as maravilhas reclamando que era cedo. No dia seguinte o marido começou a chegar mais tarde. Dava um jeito de ficar trabalhando até as crianças estarem cansadas. Ela resistiu, apavorada.

— E quando eu voltar a trabalhar?

Retornou esgotada. O chefe, um francês irritadiço, dava pito ao vê-la distraída, preocupada. Passava o dia em linha direta com a empregada.

— O Joãozinho fez um doce de banana, pimenta, *ketchup* e chocolate e diz que vai comer. E se ele morre?

— A menorzinha só quer salsicha com Coca-Cola, nada de arroz e feijão!

— A do meio está tomando banho faz duas horas e não quer sair.

Voltava para encontrar uma dançando no seu colchão, outra brincando no elevador do prédio. Quase se ajoelhou quando a empregada ameaçou ir embora porque o garoto quis criar uma aranha num aquário. O chefe reclamou que ela não saía do telefone. O marido, que o apartamento tinha virado uma bagunça. Lamentava-se.

— Que férias demoradas!

Cada vez que ouvia a expressão "volta às aulas", sorria de satisfação. Com alívio, acertou a velha rotina: acorda cedíssimo, faz o café, se maquia e se penteia. Leva a menorzinha de carro para a aula de balé, enquanto os outros vão no ônibus escolar. Foge no almoço para deixar os maiores no curso de inglês. Uma amiga com quem faz revezamento os recolhe. Volta à noitinha e prepara o jantar. Em casa, todos são unânimes, sua comida dá de dez na da empregada. Passa as camisas do marido, pois a doméstica "nunca acerta o colarinho", e ele, afinal, é um executivo de futuro. Quando vê os olhinhos dos pimpolhos apertados de sono, sente ondas de felicidade.

— Finalmente, posso descansar!

Mentira. Não tem coragem de falar, mas pensa:

— Eu, trabalhando o dia todo! As crianças na escola! Quando é que vamos ter uma vida em família?

Já sonha com o fim do ano:

— Ah, que saudade das férias!

Ser mãe é uma eterna contradição.

8. Olhos Negros

"Você está sempre com um ar tão sério! Parece ser muito triste. Deve precisar de carinho. Pronto! Você já adivinhou: sou sua amiga secreta! Diga sinceramente: o que você quer ganhar? Olhos Negros."

"Querida Olhos Negros. A única pessoa de olhos negros que trabalha nesta empresa é o segurança do turno da noite. Acho que você é algum marmanjo querendo mexer com meus pobres sentimentos. Prove que é do sexo frágil. Quanto ao presente, pode ser um iate."

"Ai como você é exagerado! O presente de amigo secreto tem limite de preço. Nem baixo nem alto. Acho ótimo, porque uma vez tiveram o descaramento de me dar um vidro de esmalte e eu morri com um CD! Sei que a gente não deve pensar no valor do presente, mas fiquei no prejuízo. Quase atirei o vidro de esmalte nas fuças do pão-duro. (Imagine que era um gerente de produto, que ganha superbem!) Sei que está brincando. Você tem um jeito tão... tão desapegado das coisas materiais! Está sempre com o sapato desamarrado, eu notei! Não sou frágil, mas sou do sexo feminino. Quer uma prova? Você tem uma barriguinha sexy. Só uma mulher acharia isso. Olhos Negros (procure bem, não é o segurança)."

"Querida Olhos Negros. Só uma romântica acharia minha barriguinha sexy. Às vezes olho no espelho e parece que engoli um travesseiro. Não vou dizer o que quero.

Prefiro surpresa, emoção. Não gosto de bancar o prático quando se trata de presente. Imagine que a minha amiga pediu uma caixa de fraldas. É tão romântica quanto um tutu de feijão. Você parece diferente. Sabe que me senti emocionado, desprotegido, quando você falou nos sapatos desamarrados? Responda depressa, por favor."

"Gostei do seu bilhete. Você deve perdoar sua amiga secreta. Acho que sei quem é. Só há uma funcionária desta firma que teve gêmeos. Certas noites, ela trocaria um pacote de fraldas descartáveis por um anel de brilhantes. É bom saber que você tem um lado humano, apesar de chefe. (Aqui na firma, você nunca se abre, nunca foi ao restaurante por quilo com a turma.) Soube que você se separou e também fiquei emocionada com seu bilhete. Estou feliz em ser sua amiga secreta. É uma forma de nos conhecermos melhor: Olhos Negros."

"Ontem à noite, eu trabalhei até mais tarde e fiquei pensando nos seus bilhetes. Você me emociona. Amanhã eu vou saber quem é, na festa. Sabe, eu ando com um nó na garganta, preciso desabafar. É o primeiro Natal que vou passar sozinho desde a separação. Vou dizer meu presente ideal. Passe o Natal comigo. Por favor."

Olhos verdíssimos, cabelos loiros, Astrid revela-se:

— Sou eu. Menti a cor dos olhos para você não desconfiar.

Ele ergue o queixo e encara a assistente administrativa de baixo. É tão alta que, dependendo do brinco, chega a ser confundida com árvore de Natal. Diz, raivoso:

— Devia ter imaginado que era você. Pelos erros da datilografia.

A rapaziada fez festa:

— E aí, chefinho? A gente fazia a maior farra com seus bilhetes. Tentando cantar a Astrid com essa história de desprotegido, hein? Isso é que é chefe!

Astrid vira o oitavo copo de cerveja e, cambaleante, entrega um pacotinho. Ele abre: um pincel de barba, loção e aparelho de barbear com lâmina, tudo dourado. Nada mais inútil.

— Achei que estava precisando, anda com a barba malfeita.

Ele pensa em demitir a monstra dali a dois meses, para não dar na vista. Arreganha os dentes:

— É lindo!

Entrega o pacote de fraldas para a mãe dos gêmeos. Ela nem abre, agradece. Ele sai de fininho. Chefe em festa constrange os funcionários. Decide nunca mais entrar em amigo secreto, mas faz essa promessa todo ano e não cumpre. Na porta, a estagiária:

— Não gostei da piada que fizeram com seus bilhetes. Achei que o senhor estava falando a verdade sobre a tristeza de passar um Natal sozinho.

— Bobagem. Feliz Natal.

— Feliz Natal. Escuta, me dá uma carona?

Saem juntos. Ele a encara e descobre que, por acaso, tem olhos negros.

9. Férias das férias

— Isto aqui é o paraíso! — ele disse, ao fisgar com os olhos um pedacinho do mar.

— Paraíso? Parece comício — ela admirou-se, ao perceber as areias coalhadas de veranistas.

A menina, no banco de trás, gritou:

— Ó o mar, ó o mar!

O garoto continuava emburrado. Queria ter ido para a casa da avó, no interior. Mas o pai fazia questão das férias em família. Alugou o apartamento por 200 reais o dia em uma praia badalada. Chegaram loucos para pôr um maiô e cair no mar. O primeiro susto foi o apartamento. Sala e quarto, com vista para o terreno baldio. Cama de casal e beliche. As paredes ferviam. Contra o calor, apenas o ventiladorzinho. Nada de televisão. Ele olhou para a mulher como se fosse uma criminosa. Ela gemeu.

— A culpa não é minha! Eu disse que não era bom alugar por telefone!

— Manhê, cadê a Suzy? — pediu a menina.

Tinham esquecido a *poodle* trancada no carro. A mulher se ofereceu.

— Vou pegar. Aproveito e ligo para minha mãe do orelhão.

Voltou 45 minutos depois, quando ele estava prestes a chamar a polícia.

— A fila para telefonar dobrava o quarteirão. Mamãe está bem, mas eu fiquei mal.

A cachorra parecia um pano de chão. Não foi fácil passar tanto tempo cozinhando no carro fechado. O pai quis partir para a praia, aproveitar o sol. Saíram animados. Estenderam as toalhas. Passaram bronzeador. A menina avisou:

— Pai, pai, a Suzy!

A *poodle* saltara de seu colo seduzida por uma vira-lata. A mãe sorriu:

— Deixa a Suzy se divertir.

Os dois cachorros correram brincando, tontos de liberdade, mas espalhando areia por todos os lados. Passaram por uma morena deitada sob o sol, recoberta de óleo de bronzear. Com o vendaval de areia, a moça ficou idêntica a um bife à milanesa. Olhou para a família, enquanto se sacudia.

— Por que não cuidam dos seus cachorros? — gritou para eles.

— O meu é um só — disse o pai, como se isso fosse defesa.

Os cães voltaram. Estacionaram com os focinhos grudados no calção do vizinho de guarda-sol, farejando. A mãe pegou a *poodle* no colo, o pai espantou o vira-lata. Conseguiram, finalmente, sentir o sol. Até perceberam que o menino, sempre emburrado, estava vermelho como um tomate. Voltaram. A mãe, brava, com a Suzy latindo embaixo do braço.

— Eu vou primeiro! Sou mais rápido! — disse o pai, entrando no banheiro.

Ergueu a cabeça, ansiando pela onda refrescante, e abriu a torneira. Um pingo deslizou em sua pupila. Insistiu, como se a torneira fosse culpada. O apartamento ao lado havia sido alugado para nove rapazes, que extinguiram a caixa-d'água. Com o racionamento no litoral, era o caso de perder as esperanças. A mulher quase chorou:

— O menino virou um churrasco! Precisa de banho para se refrescar.

Ele saiu para comprar água mineral e pão. Tinha fila, demorou duas horas. Limpara as crianças com esponja e partiram para um restaurante. Lotado. Quando conseguiram sentar, ele tentou:

— Estou louco por uns camarões.

— Acabou tudo. Só tem almôndega — declarou a garçonete.

O preço das bolotas, descobriu-se, estava equiparado ao dos frutos do mar.

Exaustos, voltaram para casa e se deitaram. Ouviram gritos. Os rapazes do apartamento ao lado passaram a noite jogando baralho, animados. Mas férias são férias. Aprenderam a dormir com a algazarra e até tentaram se conformar com o banho de esponja. No quarto dia, ouviram uivos. Abriram as janelas na madrugada e contaram dois *dobermans*, quatro pastores, um *husky*, um *collie* e seis vira-latas.

— A Suzy entrou no cio! — gritou a mãe, à beira de um ataque de nervos.

Fizeram as malas às pressas e fugiram, perseguidos por uma matilha histérica, abrindo mão do resto da estada, paga antecipadamente. Foram só seis horas de estrada dado o congestionamento de veranistas, mas chegaram a seu apartamento, confortável como um sapato velho, na cidade vazia. Vão passar as próximas semanas descansando das férias. Mas o garotinho continua emburrado: agora, queria ficar na praia.

10. Mordomias caninas

Com um ramo de flores na mão, chego para minha primeira visita à residência de um casal. As luzes acesas, o clima de festa para um jantar que será inesquecível. Mas não como eu fantasiava. Entro pelo portão automático e ouço:

— Grrrrr!

Dois filas correm ferozmente em minha direção. Quase enterro o rosto nas flores. A anfitriã sorri docemente:

— Eles não fazem nada. Fique quietinho para se acostumarem com você.

Precisa pedir? Estou paralisado, só movo as pupilas suplicantes. Eles farejam e farejam e farejam — lá! Sinto um pavor ancestral, enquanto a jovem vem até mim, simpática:

— São como duas crianças!

Pode ser, embora menino não tenham dentes deste tamanho. Ela comemora:

— Gostaram de você. Fique cuidando deles enquanto meu marido toma banho e eu preparo um drinque.

Claro, as duas crianças entram aos saltos na sala. Por precaução, me acomodo numa cadeira dura. E os bebês tratam de se refestelar no macio. Sinto uma coceira na orelha. Inútil. Cada vez que ergo o braço, ambos rosnam. Fico tão estático quanto a múmia de Ramsés II, até que o marido chega, exultante:

— Que bom que você se deu bem com os cachorros.

Faço uma pergunta tola sobre o pedigree. Descobre-se o assunto da noite: como davam mamadeirinha quando eram pequenos, como usam ração especial etc. etc. Não me lembro do menu do jantar, mas hoje poderia escrever um artigo sobre como cuidar de filas.

Gosto de cachorros desde criança. Só ando surpreso com o exagero: sei de uma mulher que enriqueceu cortando pelo e fazendo penteado nos bichinhos. Lojas com brinquedinhos para as feras se multiplicam. Outro dia vi um osso de plástico, belíssimo. Perguntei quanto. Muito mais caro do que um de verdade. Por que o falso?

— É que nessa fase o queridinho precisa afiar os dentinhos — explicam os vendedores.

Olho os dentinhos do *doberman*, que fariam as vezes de uma serra elétrica. Cresci observando as vovós tricotando enxovais para netas e crianças carentes. Outro dia vi uma cena parecida. Duas peruas oxigenadas trocavam alegremente receitas de tricô, segundo modelos da Europa. Eram pulôveres para cães. Alguns combinando com o pelo. Conta-me uma senhora:

— Tingi o meu *poodle* de rosa e o pulôver é azul para combinar.

A mãe de um amigo meu era assim: tinha um *pinscher* que carregava na bolsa. O cachorro era do tamanho da minha mão. A gracinha latia e mordia sem parar. Um inferno. As pessoas sentadas e ele mordendo pés, dedos. Outro detalhe: pelo nome do cão se conhece a ideologia do dono. Alguém tem dúvidas sobre o que pensa o proprietário de Spartacus, por exemplo?

Na França, as pessoas conduzem os cachorros com uma vassourinha para limpar eventuais sujeiras. E uma forte correia, que os enforca se eles tentam fugir. O paulistano tem um bom coração, acha que cachorro é quase gente. Pois há semanas um dogue alemão se apaixonou por uma lulu ao passear no parque. Movido por um forte ardor amoroso, arrastou o "pai", tentando agarrar o dono da lulu. A tragédia não se consumou graças à intervenção do parque todo.

Ninguém sabe quem tem alergia, pânico incontrolável ou o que seja. Mesmo o cachorro manso deveria ser encerrado a sete chaves, segundo a boa etiqueta. Digo isso num momento dramático: o meu roeu o tênis do eletricista. Sim, tenho um cachorro. Admito. Falo com conhecimento de causa. Todo cachorro desfia meia de mulher. Pula na camisa branca, lambe as orelhas das dondocas. Os amigos sorriem, o que mais podem fazer? Dizer algo como "Não tem importância, eu pretendia rasgar a camisa em pedacinhos"?

Sei de um namoro que acabou quando os filhos dela (de outro casamento) brigaram com os cães dele. Não se falam até hoje, mas as crianças sentem falta dos bichos, para desgosto da mãe. Os leitores devem imaginar que trato meu cachorro como presidiário. Bobagem. Confesso, porém, um gostinho sádico diante de quem é recebido por meu portentoso *husky* siberiano. Sorrio.

— Fique tranquilo. Não morde.

Admiro o visitante andando com passos pausados como os de um astronauta na Lua. Sinto-me vingado por todas as vezes que enfrentei os carnívoros. Quem puder atire o primeiro osso.

11. Crueldades natalinas

Sinto arrepios quando se aproxima o Natal. Não que não goste: adoro. Acredito que as festas realmente despertem alguns de nossos melhores sentimentos. E meu estômago ronrona só de imaginar as castanhas, as carnes douradinhas e outras delícias da ceia. Mas, francamente, é uma época que também irrita. Olho em torno e não vejo o tal espírito natalino. Estarei mais míope do que já sou? Não há nada mais distante do espírito natalino, por exemplo, que estacionamento de shopping nestes dias. Outro dia fui a um deles. Fiquei cinquenta minutos rodando. Eis que surge uma vaga! Fui entrar. Pois o carro de trás colou no meu. Sem espaço para manobra, pedi:

— A senhora pode dar ré?

Ela foi sutil como uma rena:

— Vai que dá. Se não conseguir, deixe a vaga para mim.

Respondi, suave tal qual um sino:

— O para-choque do seu carro é de borracha?

Disse e engatei. Ela fugiu, apavorada. Venci, mas perdi o humor para escolher presentes. Aliás, é justamente nesse item que as pessoas manifestam as pequenas crueldades. Amigo secreto, por exemplo. Todo ano, juro nunca mais participar. Quando vejo, estou trocando bilhetinhos com um desvairado. Este ano recebi propostas indecorosas de uma figura que assinava "Instinto Selvagem". No dia da festa, descobri consternado que a tal "loura fogosa" não passava de um espinhento *office-boy*. Só me vinguei ao me revelar, para um bigodudo publicitário, como a tal "Macaxeira Apaixonada" que o enlouqueceu durante todo o mês. Todo mundo riu bastante e eu ganhei um disco do Chitãozinho e Xororó. Tive sorte. Um amigo meu presenteou a amiga secreta, uma secretária, com um pacote de fraldas descartáveis. Estranhei. Ele explicou que fora prático: a jovem acabara de ter um bebê. Revelei ao distraído que a feliz mamãe era outra secretária. Respondeu o selvagem:

— Bem... sempre é uma lembrança.

E que lembrança! Nunca vou esquecer o sorriso raivoso da presenteada. Já vi situações parecidas. Tenho uma tia que odeia cozinhar. Seu cardápio se resume a bife com batatas fritas. Certo Natal meu primo a mimoseou com um livro de culinária. Centenas de receitas. Ela pesou o livro na mão com lampejos no olhar. Pensei que ia atirar na cabeça dele. Quando eu era criança, minha mãe pedia:

— Quero um presente pra mim, não para a casa.

Meu pai concordava, sorridente. E ano após ano ela recebia batedeiras, jogos de panela, pratos. Um dia ela gemeu:

— Já tenho de tudo para a cozinha. Não gastem à toa.

Nós nos cotizamos e demos um aspirador de pó. Jamais esquecerei aqueles olhos sofredores. Mas ela também comete erros. Quando eu tinha 20 anos, passei por uma fase hippie, de roupas multicoloridas. Até hoje ganho camisas floridas em cores lancinantes da minha genitora. Para fazê-la feliz, digo que gosto. Pior: uso, quando a visito em Santos. Outro dia, fui confundido com um guarda-sol.

Mas o presente que mais atormenta é o que parece cambalacho. São os que vêm disfarçados de coisa chique, embora sejam bem simplesinhos. Um exemplo é ganhar três sachês de cetim em uma superembalagem. Atualmente, há centenas de seguidores capazes de nos convencer de que três sachês de cetim são um presente inesquecível. Francamente, é duro receber um pacote glamoroso, que dá a impressão de conter um diamante, e descobrir, bem no fundo da caixa, um vidrinho de pimenta-do-reino.

Presentes inúteis, ou que mais parecem um disfarce, são uma fonte infindável de desastres. Uma vez fui a uma festa natalina com amigo secreto. Tudo ia muito bem, até que o machão da família — um barbudão — ganhou uma bolsinha de *strass*. Fatalidade do sorteio, digamos. Foi um mal-estar. Uma tia se ofereceu: trocaria os dois coelhinhos de sabonete que ganhara pela bolsinha. Todos suspiraram aliviados. Mas o barbudão olhou a bolsinha longamente, pestanejou e disse:

— Fico com ela. É o destino.

Ninguém entendeu. Nem quis. Correram para trinchar o peru. É por isso que, neste Natal, resolvi ser romântico. Se não tenho verbas, resta a imaginação. Dar um presente é um instante de felicidade, e é isso que vou buscar em cada escolha. Porque, afinal de contas, é o momento mais bonito que o espírito natalino tem realmente a oferecer.

No mundo de hoje

12. A revolta dos tios

Estou parado diante de uma loja. Observo atentamente uma camiseta regata: deslizará como uma cortina sobre minhas adiposidades? Ou, perversa, me transformará num bujão de gás ambulante? O manequim de bermuda me convida a comprar todo o figurino de verão. Sendo realista: o que eu desejo não é vestir as roupas, mas me tornar igual ao manequim da vitrine. Suspiro. Sinto-me subitamente rejuvenescido, com direito a usar franjinha na testa e tênis da moda. Duas garotas se aproximam, sorridentes. Olham para mim. Sorrio de volta, como se fosse colega de escola. Uma delas rapidamente atira o balde de água fria:

— Tio, que horas são?

Desabo. Mal consigo identificar os ponteiros do relógio. Tio? Fujo, com as orelhas vermelhas de frustração. Nada mais trágico do que ser chamado de tio. A não ser, é claro, por minhas adoráveis sobrinhas, que preferem utilizar meu nome de batismo. Tio, francamente, é duro de ouvir. O hábito começou nas escolas maternais de vanguarda. Lembro como as criancinhas mimosas de alguns anos atrás se sentiam felizes correndo atrás da professora e gritando:

— Tia, tia!

Acontece que as criancinhas cresceram. Formam a mais nova geração de gatinhas e gatões, decidida a torturar a cidade inteira. Por que os mestres não podiam, simplesmente, continuar a serem chamados de professores, como se o título fosse feio?

Há mulheres que acordam às 5 da manhã para fazer ginástica. Trabalham o dia todo sob uma máscara de maquilagem. Dormem cedo, com um quilômetro de creme revitalizante sobre a pele. Passam o fim de semana no cabeleireiro ou sendo socadas por um massagista. Aproveitam as férias para fazer plástica. Quando pensam que estão lindamente remoçadas, são destruídas na primeira fila de cinema, como no caso de uma representante dessa esforçada geração de descasadas. Veste um *fuseau* que reforça suas curvas, num juvenil verde-limão. Túnica branca, larga, que disfarça o culote. Demorou horas em frente ao espelho, mas parece ter saído do banho. Um garotão a observa, quando ela se aproxima do guichê. Ela corresponde, felina. Ele hesita e se aproxima com um sorriso torto:

— Tia, compra a entrada para mim?

Ela tenta sorrir, mas em um segundo sua pele parece uma pasta de flocos de milho mergulhados no leite. Haja decepção! Na minha infância, tia era a solteirona, que não arrumou marido — um horror na província. Hoje, não: fala-se em tio e tia com toda a naturalidade, e a gente é obrigado a agir cordialmente, como se fosse elogio. No mínimo, as solteironas do passado, quando chamadas de tia pela criançada, atiravam baldes de água nos agressores.

Uma leitora me escreveu chocada a respeito: foi com a filha mocinha a uma loja. Segundo conta, o vendedor era um Tom Cruise do balcão. Pois a filha o chamou de tio. A autora da carta confessa que teve vontade de abandonar a garota e levar o vendedor para casa. O pior de tudo é que o hábito denuncia a idade, pois só quem é realmente jovem se acostumou a tratar todo mundo desse jeito.

Há uma revolta surda fermentando. Ouvi falar de grupos que pretendem enviar abaixo-assinados às escolas maternais, que continuam se esbaldando com essa didática, sem computar as graves consequências sociais. Também há quem prefira atitudes individuais e desgastantes:

— Tio por quê? Não sou seu parente! — os ativistas respondem.

Pessoalmente, não ando tentando aderir. As palavras ainda não saem redondas da minha boca. Tentar, eu tento. Outro dia me atrevi a chamar de tia uma gatinha que poderia ser minha filha.

Ela se vingou, verde de ódio:

— Que foi, nenê?

Já ousei também com a minha chefe, ao entrar na sala dela:

— Tudo legal, tia?

Quase fui demitido. Continuarei insistindo. Sei que é impossível vencer a marcha das palavras, por mais irritantes que elas se tornem. Como não consigo perder a barriga, talvez possa fazer uma plástica no meu vocabulário. Ninguém estranhe se, nos próximos dias, me encontrar de tênis, camiseta e bermudão tomando sorvete no shopping e cumprimentando os velhos amigos:

— E aí, tio? Tudo joia? O verão tá uma brasa, mora!

13. Calorias e culpas

Tenho horror a engordar. Não por problema estético. Já se foi a época em que sonhei me transformar numa versão com óculos do cantor Mick Jagger. Sempre fui um pouco vaidoso. Mas, entre um prato de talharim e a silhueta, costumo optar pelo primeiro. Sem falar em profiteroles, musses, coraçõezinhos de frango no espeto, torresminhos, patos na laranja, feijoadas, cappuccinos, cervejinhas, batatinhas fritas e hambúrgueres com *ketchup* e mostarda. Quem tem boca grande sabe como é. Não me arrependo. Durante muito tempo, eu e minha barriga até tentamos ser felizes. Mas não resisto mais à maldade humana. Vou fazer regime.

O gordo, seja apenas rechonchudo ou tipo barril — há também os modelos alambique —, é uma vítima do veneno constante, destilado em cada encontro por amigos, parentes, amores. Todos se tornam fiscais do peso. Basta ganhar um quilinho, lá vem alguém com um sorriso pérfido:

— Engordou?

Já pensei muito sobre esse sorriso. Cumplicidade? Coisa nenhuma. É alegria. A pessoa se compara e acha que está mais magra. Ou que ficarei tão gordo quanto ela. Puro instinto de concorrência. Todos se vigiam. O gordo fiscaliza o gordo. O magro, a todos. Quantas vezes, no momento de uma garfada em alguma delícia suculenta, ouvi do meu companheiro de mesa:

— Isso engorda.

E daí, se engorda? As pessoas ficam felizes com nossa expressão de culpa, que anula o prazer do quitute sedutor. Se tivessem a mesma paixão por vigiar assaltantes, o país seria um mar de rosas. Mas a conspiração é contra o gordo.

Sei de pessoas rotundas e felizes que, depois de anos sendo atormentadas, se internam em *spas*. Para depois, durante a noite, devorarem os brotos das samambaias da decoração. Há o caso de um *spa* que prometia massa no cardápio. Ofereceu quatro fios de espaguete aos gordos seduzidos pela propaganda. Nem os gregos imaginam tal suplício.

Uma amiga, rechonchuda, foi com o irmão visitar o Muro das Lamentações, em Israel. Um árabe aproximou-se do irmão e ofereceu 100 camelos pela fofa beldade. Sim, os árabes gostam das gordinhas. E também continuam com o hábito medieval de comprá-las para haréns, acreditem ou não.

O irmão declinou da oferta, chocado. Minha amiga não se conforma até hoje.

— Foi minha única chance de me tornar símbolo sexual. Sem parar de comer.

Vendedora de loja, então, é um terror. Basta pedir um jeans e dar o número. Ela faz um falso ar de dúvida:

— Nem sei se temos o tamanho.

Admira por instantes minha expressão de infelicidade e culpa. Depois, me atira uma calça ainda mais larga, alegremente.

Mas o pior é quando se começa o regime. Todos esses seres que nos cercam, preocupados com a gordura e o bem-estar da gente, mudam da água para o vinho.

— Vai um uisquinho?
— Obrigado, comecei o regime.
— Um só não engorda.

Todos se unem para gritar, em coro uníssono: um só, um só... huum!

De repente, cedo à tentação. Uma bala. Um marzipã. Um sorvete. Uma vodca. Uma musse. Um leitão assado. Uma dúzia de quindins. O jeito é fazer regime em segredo. Mas aí vem outro problema. Hoje em dia, quem emagrece demais ganha um olhar torto. Dia desses, minha mãe comentou assustada sobre a vizinha, idosa senhora de cabelos tingidos de vermelho:

— Está emagrecendo muito. Será que está doente?

Imaginei a pobre velha vaidosa, comendo uma espiga de milho por dia, para permanecer magra, e alvo das fofocas do prédio.

Prestes a iniciar o regime, me vejo na obrigação de ficar igualzinho a um modelo fotográfico. Eu, que nunca pensei em aparecer pelado na novela. Só me consola saber que não sou tão gordo assim. Imagino que, para os pesadões, a vigilância é bem pior. E as mulheres? Além de magras, são obrigadas a parecer jovens até os 70 anos. Portanto, vou iniciar o regime. Mas sem muita esperança. Os fiscais do peso alheio andam de olho gordo, à espreita. E hoje em dia só aceitam mesmo a perfeição.

14. Febre de liquidação

Passo em frente da vitrine. Observo um paletó quadriculado, uma calça preta e duas camisas polo, devidamente acompanhados de um cartaz discreto anunciando a "remarcação". Fujo apressadamente pelos labirintos do shopping. Tarde demais, fui fisgado. Mal atinjo as escadas rolantes, inicio o caminho de volta. O coração badala como um sino. A respiração ofegante. São os primeiros sintomas da febre por liquidação, que me ataca cada vez que vejo uma vitrine com promessas sedutoras.

Atravesso as portas da loja, farejo em torno, com o mesmo entusiasmo de um leão vendo criancinhas em um safári. No primeiro momento, tenho a impressão de que entrei numa estação de metrô. A febre já atingiu uma multidão. Os vendedores, cercados, parecem astros da Globo envoltos pelos fãs. Dou duas cotoveladas em uns rapazes com ar de executivos e peço o tal paletó. O funcionário explica que só tem determinado número. Minto:

— Acho que é o meu.

Ele me observa, incrédulo. É dois algarismos menor, mas quem sabe? Acho que emagreci 100 gramas na última semana. Experimento. Não fecha. Respiro fundo e abotoo. Assim devem ter se sentido as mulheres com espartilho. Gemo, quase sem voz:

— Está um pouquinho apertado.

— É o maior que temos — diz, cruel.

Decido. Vou levar apesar da barriga encolhida. O vendedor arregala os olhos. Explico:

— Estou fazendo regime. No ano que vem vai caber direitinho.

De qualquer maneira, só poderia usá-lo no próximo inverno. É de lã pesada, e está fazendo o maior calor. Só de experimentar fiquei suando. Aproveito e levo duas calças, também de lã. O vendedor me oferece o pretexto:

— Esta lã aqui é fininha, esquenta no inverno e refresca no verão.

Sei que nem traje de astronauta é assim, mas deixo alegremente que ele me engane. Pego numa blusa de lã preta que está sobre o balcão. Uma senhora vira-se raivosa e a puxa pelas mangas:

— É minha, já reservei.

Até minhas mãos estão gotejando, mas insisto:
— Tem certeza?

Ela apanha a blusa e a coloca embaixo do braço. Deixo a loja exultante, com um belíssimo guarda-roupa de inverno nas sacolas, e vou tomar um sorvete.

Tenho amigas que só vestem roupas de liquidação. Especializaram-se em comprar roupa de inverno no verão e vice-versa. O duro é que algumas gostam da vanguarda, e, como se sabe, a ponta da moda de hoje é a cafonice de amanhã. Uma conhecida minha, por exemplo, bota roupa verde-alface quando a moda ordena cor-de-rosa. No ano seguinte, ressurge *pink* quando todo mundo está de preto. Outras, mais espertas, só compram mesmo roupa negra. Ok, os papas da costura vivem aconselhando o preto como cor eterna das elegantes etc. etc. Mas bem que ajuda quem só compra em liquidação.

Mais grave é quando a febre nos atinge numa oferta de sapatos. Certa vez, vi um adolescente se sacrificar pelo preço, ajudado pela mãe. Sem número nas prateleiras, o vendedor gorjeou:

— Experimente um menor, a fôrma é grande.

A mãe concordou. O rapaz saiu da loja com os sapatos nos pés, pulando como um saci. O pior é que sinto remorso cada vez que a febre me ataca. Acabo gastando mais do que se tivesse levado apenas uma única peça que pudesse usar imediatamente. Concordo que fui precipitado em comprar uma roupa para quando estiver magro, só para aproveitar o preço. Meu regime dura oito anos, sem resultados visíveis.

Desabafo com uma amiga naturalista, que vive apregoando um modo de vida mais simples, sem muitas posses. Ela me aconselha:

— Não compre mais nada. Resista. Aprendi muito quando passei a viver apenas com o necessário.

Revela, com ar culpado:

— Sabe, na minha fase consumista, juntei roupa para 150 anos.

Sorrio, solidário. Ela pergunta, por mera curiosidade, os preços da loja. Também pede o endereço. Mais tarde a descubro no shopping, mergulhada na arara das blusas de lã. Febre de liquidação é pior que gripe, dá até recaída. Com um detalhe: a gente gasta, gasta, e ainda acha que levou vantagem.

15. A morcega

Quando era adolescente, eu andava com a franja do cabelo batendo no nariz. Parecia um cachorro lulu, mas me achava o máximo. Meu pai resistiu a tudo: ao som de Janis Joplin, à minha mania de desenhar girassóis nos cadernos, e só entregou os pontos quando me viu desbotando um jeans novinho com cândida. Em nocaute por pontos, suspirou:

— Nada mais me espanta.

Reagi dedicando boa parte da minha vida a defender lances de vanguarda, como o uso de brinquinhos em orelhas masculinas quando isso era tabu. Sempre achei que nada me surpreenderia. Pois fui visitar uma amiga cuja filha adolescente, de 14 anos, tem o rosto de um anjo de catedral, mas se veste de preto, como um morcego. Encontro as duas brigando.

— Quero fazer uma tatuagem e ela não deixa.

Sorrio, pacificador. Aconselho:

— O ruim da tatuagem é que, se você se arrepender mais tarde, não sai.

A morcega explica: será gravada em um lugar do corpo só possível de ser visto se ela mostrar. Tremo. Pergunto onde.

A resposta alegre:

— Dentro da boca.

Repuxa os lábios como um botocudo e mostra o local designado: a parte frontal das gengivas. A mãe lacrimeja:

— Não, não. A bandeira do Brasil...

Eu e a mãe nos olhamos, aparvalhados. Descubro que o símbolo pátrio virou moda. A morcega continua: quer porque quer ir a uma rua que reúne morcegos, mariposas e outros bichos nos fins de semana. Arbitro:

— Lá vão punks da pesada!

Ela zumbe, hostil, porque se considera punk da pesada. Reage:

— O movimento punk quer liberdade, só isso.

— Prendi você? — lamenta-se a mãe inutilmente.

Fico sabendo que os punks de bom-tom até andam, na tal rua, com cartazes dizendo: "Não quero briga" ou "Sou paz". Também elegeram um templo: a danceteria Morcegóvia, no bairro Bela Vista. É lá que se encontram, vestidos preferencialmente de escuro, com bijuterias de metal pesado, brinquinhos de crucifixo e uma enorme alegria de viver — só preenchida pelo som de rock pauleira. Digo, para me fazer de moderno:

— Sabe que fui ao show do Michael Jackson?

Ela torce o nariz. Odeia. Led Zeppelin, Sepultura, isso sim! Arrisco:

— Quem sabe você fica rica montando um conjunto chamado Crematório.

— Vocês (nós, adultos) só pensam em coisas materiais. A gente (eles, os punks) quer é saber do espírito.

Já ouvi isso em algum lugar. Eu dizia a mesma coisa e ficava furioso quando ouvia meus pais dizerem que, quando eu fosse mais velho, entenderia tudo que estavam passando comigo. Explico que concordo com as teses morcegas. Tenho apenas problemas em relação ao estilo.

Olho para ela, de camiseta preta e jeans rasgado, e penso como ficaria bonitinha com um vestido de debutante. Lembro de sua festa de aniversário: o bolo era em forma de guitarra, cinza. Em certo momento, a turma se divertiu atirando pedaços de doces uns nos outros, para horror das mães e avós presentes.

Subitamente desperto, descubro que a onda punk se espraia muito mais do que eu pensava. Um dia desses vi um garoto pintado de três cores. O filho de uma vizinha usa dois brincos dourados, um rubi no nariz e cabelos tão cacheados que noutro dia o cumprimentei pensando que fosse a mãe dele.

A morcega me encara, pestanas rebaixadas, farta. Nervoso, reflito que devo estar ficando velho. Adoraria estar do lado da filha, para me sentir rejuvenescido. Toca a campainha, ela vai até a porta. Um rapaz alto, de cabeça inteiramente raspada, sorri, rebelde. Observo um dragão tatuado em seu couro cabeludo. A mãe range os dentes, enquanto a filha sai nos braços de seu príncipe motoqueiro. Eu e a mãe nos olhamos, tão nocauteados como foi meu pai. Sei que o rapaz trabalha, como a maioria dos punks. Mas onde? Não consigo imaginar o gerente do banco com um alfinete espetado nas bochechas. São rebeldes apenas nas horas vagas, quando voam em seus trajes escuros pela noite? O careca bota peruca na hora da labuta?

A mãe me oferece um café. Exausta com o rodopiar das gerações. Já sabemos: vem mais por aí.

Olho para a noite e penso em todos os morcegos zunindo por São Paulo. Ser adolescente é difícil, mas... que saudade!

16. A vez do pavão

Muito se fala em perua. Pouco em pavão. Já encontrei feministas rebeladas contra o termo destinado às mulheres que trocaram a luta pelos direitos por um lugar no cabeleireiro, e a discussão sobre o uso de sutiãs por tratamentos de celulite. Entretanto, ninguém faz piada, e muito menos novela, com o pavão, a contrapartida masculina da perua. Não que eu seja um. Os anos escorreram sobre minha barriga. Além do mais, o pavão tem dinheiro. Pelo menos o suficiente para as academias de musculação. Ou o aluguel da quadra de tênis. Ou para se trancar num *spa*, se nada mais der certo. Se tem banhas, estão escondidas sob um bem cortado paletó. (Uma vantagem sobre os pavões cariocas, que competem com os surfistas.) Fala manso, educado. Não usa aliança, de preferência. Também não é um mauricinho, preocupado apenas em parecer bem. O pavão abre a cauda, exagera, enquanto as peruas e outras aves canoras se agitam em torno. O pavão já nasce um, e tem talento para superar vicissitudes. O gordinho se enfeita com gravatas coloridas, blazers e calças chamativas. O magricela faz gênero romântico, ostentando as olheiras.

Outro dia, tentei bancar o pavão. Fui a um restaurante na hora do almoço, considerado o viveiro maior dos pavões paulistanos. Mas até o manobrista percebeu que eu não era um: pela caneta Bic pendurada na camisa. E pelo meu rodopiar na porta giratória.

Decidi tomar algumas lições. Afinal, se não estou mais na idade de me transformar num ás do jet-ski, pelo menos posso me pavonear um pouco. Ou não? Procurei um amigo, desses que nem precisam abrir a cauda para as peruas enlouquecerem.

— Encolha a barriga — aconselhou.
— Mas por quê?
— Não quer ser *sexy*?
— *Sexy* sim, mas não infeliz.

Recebi alguns ensinamentos. Pavões fingem não se interessar por peruas, mas por gatinhas. As peruas, açoitadas por paixões selvagens, se atiram sobre eles. Ou, pelo menos, enviam mensagens pelo celular. Eles bebem uísque, elas vodca. Gostam de cozinhar. Na verdade, fazem da culinária um chamariz.

— Mas e eu, que não sei fritar um ovo?
— Você é um ser anacrônico, um pterodáctilo.

Eu, um pterodáctilo? Pavão fala de cristais e da alta na bolsa. Conhece mais etiquetas de moda do que as peruas. Gosta de fazer as unhas dos pés. Tem cabelos curtos, às vezes adornados por um tom grisalho. Foi a Nova York no ano passado. Faz compras em Miami. Em geral, são especializados em massas. Dedicam boa parte do tempo livre aos segredos do *funghi* seco e às artimanhas da Nova Era.

— Mas o que eu faço com esta pirâmide?
— Ponha no seu escritório. Sempre é bom para começar uma conversa. E dá boas vibrações.

Continuei com a lição, lúgubre. A lista dos complementos indispensáveis incluía um micro, em local visível, um mocassim, desses com franja de couro no topo, certo conhecimento de vinhos e...

— Pare com essa mania de coçar a orelha.

Retirei o dedo, humildemente. Meu amigo continuou com os conselhos:

— Quando andar, ponha o peito para a frente. A cabeça alta. Perca a mania de dobrar a barra da calça e nunca mais conte a ninguém que usa pivô.

Suspirei. Chegara a hora de exercitar meu charme inabalável, num coquetel. Tentei andar com o peito estufado, quase entortei a coluna. Meu amigo não notou. Estava entrando no viveiro, quer dizer no bar, com a cauda exposta. Ouviram-se os inevitáveis gorgolejos: "Como vai? Há quanto tempo".

Generosamente, ele virou-se em minha direção, disposto a me incluir no seleto círculo de peruas, muitas delas flamejantes executivas com pulseiras de ouro e sardas no colo dos seios. Não me achou. Fiquei num canto, crocitando, com uma bebida dietética. Pode haver algo menos *sexy* do que refrigerante dietético?

Voltei para casa, pensativo. Nunca chegarei a pavão. No máximo a um franguinho carijó, ou a um pombo gordo, o que é pior. Mas não tem importância. Um dia desses termina o reinado de peruas e pavões e chega a vez de gente como nós, simples mortais.

17. A arte do assaltado

Saio da padaria e ando rapidamente até o carro. Quero chegar em casa antes da novela. Eles se aproximam quando abro a porta. Percebo imediatamente que não perderei apenas a novela mas também o carro. Já estou suficientemente treinado para entregar as chaves antes que falem qualquer coisa. Olho para os dois, mantenho a calma e digo:

— Tu-tu-do be-bem!

Sou obrigado a ir no banco do lado. Indico o caminho que leva diretamente à periferia. Ofereço os pãezinhos:

— Aproveitem, estão quentinhos.

Eles me olham, simpáticos. Faço tudo para que o clima seja o mais agradável possível. Tento contar uma piada, mas ninguém ri. Sou deixado num viaduto. Gentis, eles garantem que só querem o veículo para uma fuga. Poderei encontrá-lo no outro dia. Levam os pãezinhos. Quando se vão, respiro fundo. Vitória! Os ladrões ficaram satisfeitos. Nunca mais achei o carro, mas fui elogiado por todos os amigos porque me comportei bem. É uma loucura. A rapinagem está atraindo tal número de meliantes em início de carreira que o assaltado é quem deve administrar o roubo.

Uma amiga minha, psicóloga, foi retirar dinheiro num caixa automático de uma avenida importante. Início de noite, e o local tinha movimento. Ao sair, abriu cordialmente a porta para o adolescente bem vestido que esperava. Era o assaltante. Empurrada para dentro por ele e um comparsa, foi obrigada a conduzir o assalto contra ela mesma. Ensinou os dois a usar o cartão magnético e tentou acalmá-los, porque estavam nervosos. Depois explicou que entendia a situação e não tinha nada contra o fato de ser roubada, algo tão normal atualmente. Até avisou: — Escondam o revólver que a polícia está passando.

Tornou-se a cúmplice perfeita. Discordou da ideia de irem embora a pé. Mostrou onde tinha estacionado. Em compensação, negociou o dinheiro do táxi.

E quando a casa é invadida? Um casal que conheço foi mestre na arte de receber diante das escopetas.

— Querem um café enquanto meu marido abre o cofre? Ou preferem uma refeição? — ela ofereceu.

Um deles quis uísque. O marido sugeriu:

— Meu filho, não beba. Você vai ter de fugir e a rua tem policiamento. É arriscado. Leve a garrafa.

O líder agradeceu o palpite e pediu bifes. Ao mesmo tempo em que os dois rapazes acompanhavam o proprietário em busca de valores, a mocinha de expressão selvagem foi à cozinha com a *hostess*. Depois de séculos longe das panelas, ela fez um jantar sofisticado. Serviu na mesa de jacarandá. O casal comeu junto. A certa altura, ela comentou, charmosa:

— Desculpem, mas foi só um cardápio rápido. Se pudesse, teria feito uma receitinha francesa que vocês iriam adorar. Mas leva tempo. Quem sabe...

Todos se olharam. Quem sabe uma outra vez, quis ela dizer? Os da rapina ficaram constrangidos. Um deles foi delicado:

— Não esquenta, dona. Tá muito bão.

Despediram-se cortesmente. Só conheço um caso que terminou em violência. Foi com um amigo da esquerda radical. Ao ser travado, não só se deixou depenar com leveza como ainda quis conscientizar o gatuno:

— É isso aí, companheiro. Estou do seu lado, porque sei o que é a crise e o desemprego. Mas você tem de entender a expropriação dentro de uma perspectiva mais ampla.

Levou um tapa. É raro. Dia desses, um executivo recebeu um telefonema:

— Alô? Aqui é o rapaz que levou seu carro e a carteira.

— Oba! Como vai?

— Tudo certo, tio. Queria apenas avisar que vou devolver seus documentos pelo correio. Olha, desculpa o contratempo, mas sei que o seguro cobre o Monza. É minha profissão. Você entende?

— Puxa, é claro. Boa sorte, hein?

Há algo de podre neste reino, mas não imagino sequer como resolver. Só me resta, como Hamlet, olhar para uma caveira e reclamar para fantasmas. Ou então, na próxima vez, mirar firme o safado e partir para a prática:

— Sinto muito, mas você está fazendo tudo errado. Passe a arma. Pronto. Agora, a grana. De assaltos, entendo mais que você!

18. Labirinto de teclas

Cai a energia elétrica. Quando volta, descubro que o relógio do meu som está piscando, perdido em um eterno meio-dia. Abro o manual de instruções, em espanhol, inglês, francês, italiano e japonês. Aperto as teclas indicadas. O relógio continua piscando, mas surge um sinal vermelho na tela. Horrorizo-me. Minha experiência com o vídeo diz que, quando surge algum sinal desconhecido, é melhor chorar. Atiro-me a todas as teclas do aparelho. Entra uma rádio FM. De repente, o relógio pula para as 9 da noite. São 8. Aceito o destino. Se a energia não cair novamente até o horário de verão, tudo dará certo.

Diante de certos aparelhos modernos, sinto-me como um *Pithecanthropus pré-erectus*. Todos possuem mil funções. A maior parte do tempo, consigo usar apenas uma. A mais óbvia, é claro. Outro dia, uma amiga procurou salvação, justo comigo! Apareceu com um pacote de manuais e vários saquinhos plásticos contendo pazinhas dos mais diversos formatos.

— Quero que você me ajude a descobrir como usar as pazinhas.

Peguei na primeira. Era parecida com a do meu *mixer*, a única que conhecia.

— Esta é para bater massas — expliquei sabiamente.

Resolvemos fazer a experiência. Corremos para o livro

de receitas, escolhemos um pão de ló sofisticado. (Por que facilitar, afinal?) Botamos os ovos, a farinha, o açúcar e o leite. Aí encaixamos a pazinha. Fechamos o *mixer* e apertamos o botão indicado.

Silêncio absoluto. Apertamos de novo. Mais silêncio.

— A tampa está mal encaixada. Se não estiver no lugar certo, não funciona — deduzi.

Torcemos a tampa de todas as maneiras. A cada torcida, revirávamos, juntos, a cintura, os braços e a cabeça. Meu queixo encaixou na costela. Ao me refazer, apertei a toda. Zummmmmmm!

— Tem uma fumacinha saindo da massa! — gritou a jovem. Tirei o fio da tomada. Abri o *mixer*. O cano da pazinha estava pegando fogo. A razão: mau encaixe. A farinha continuava farinha, as gemas, gemas, o açúcar... enfim, uma tragédia. Nosso erro: a pazinha devia ter sido colocada antes dos ingredientes. O esforço para girar quase detonara o aparelho. Foi preciso tirar farinha, gemas etc., com todo o cuidado, reencaixar a pazinha, botar tudo de novo e... zummmmmmm! Mais tarde, para abrir o bolo foi preciso um martelo.

Das outras pazinhas, desistimos.

E a televisão? Hoje, um controle remoto tem tantos comandos quanto um helicóptero.

— A imagem está vermelha.
— Deixa assim, eu lhe imploro!
— Bobagem.

Meu visitante aperta algumas teclas do controle. A tela fica preta. Outra, e a imagem se torna estática. Ele começa a apertar todas, enfurecido, tentando desvendar o enigma de alguns símbolos colocados sobre cada uma. Na TV os atores ficam azuis, verdes, roxos. Suspiro e abro um livro.

Terríveis são os modernos celulares. Podem armazenar toda uma vida. Um comando, e ele arquiva todos os telefones possíveis. Outro, e ele organiza a agenda para os próximos meses. Mais um, para um arquivo secreto (tão secreto que jamais consegui acessar). Podem levar qualquer um à loucura. Aconteceu com um amigo meu, diretor de televisão. Estava mostrando o celular, recente aquisição, para uma produtora. Nela, todos os telefones dos astros e estrelas brasileiros. A amiga, entusiasmada:

— Deixa ver?

Apertou duas inocentes teclinhas e zapt! Tudo se apagou para sempre. Nunca conseguiram recuperar. O diretor e a produtora não se falam até hoje.

Pior foi o cunhado de um amigo meu. Pegou o controle remoto da televisão e discou para a casa da mãe. Ficou estarrecido, sem entender por que os canais pulavam de um para o outro e a mãe não atendia.

É o que eu digo: tenho saudade do tempo em que todos os aparelhos eram simples como um liquidificador. Bastava apertar uma tecla, apenas uma, e tomar a vitamina. Sem a sensação incômoda de estar perdendo alguma coisa. Ou de desconhecer instruções e teclas que facilitariam minha vida!

19. Brincos selvagens

Estou na entrada de um teatro. Vejo um nariz cintilando na multidão. Descubro surpreso que é minha cunhada, uma artista plástica de 30 anos. Instalou um brinquinho de argola na narina direita. Quando se aproxima, tento conversar normalmente. Não é de bom-tom parecer espantado com um brinco que, afinal, está na moda. Preocupado, imagino:

— Será que não dá vontade de espirrar?

Continuo a falar sobre amenidades. Começo a sentir coceira no nariz. Sei muito bem que o brinco está preso no dela, não no meu. Mas e daí? O que posso fazer se sou impressionável? Tento coçar meu nariz com naturalidade, sem que ela perceba que é por causa do brinco. Impossível. Cruzo meus olhos com os seus. Noto um brilho vitorioso. Queria fazer gênero e conseguiu. Só de raiva, não teço sequer um comentário a respeito da bijuteria narigal. Arrumo um pretexto e vou bater papo em outra roda. Talvez, assim, estanque a inexorável coceira no nariz.

Antes, só as peruas usavam brincos, em geral com tantos pingentes que suas orelhas se transformavam em lustres. De uns anos para cá, virou moda masculina. Não faz muito tempo, aconteceu uma polêmica enorme a respeito, quando uma escola quis impedir um garoto de comparecer às aulas devidamente enfeitado. Executivos reivindicam o direito de adornar as orelhas. Eu não digo nada: guerreiros africanos botavam argolas e ossos no nariz, e nenhum missionário pôs em dúvida a sua masculinidade, enquanto cozinhava no caldeirão. Outro dia conheci uma garota que colocou uma argolinha de ouro no umbigo. Anda sempre de barriga de fora. Senão, que graça tem? Pegou carona comigo. Passei o tempo todo preocupado, imaginando que o brinco podia enganchar no cinto de segurança ou no trinco da porta. Reconheço que a moda tem utilidade: dispensa o uso de chaveiro. Basta dependurar as chaves do carro diretamente na barriga.

Sempre cometi gafes, é minha sina. Frequentemente, olho para uma criança e digo:

— Que menininha bonitinha!

Em vez de agradecer o elogio, a mãe fecha a cara e explica que se trata de um garoto. Nas entrelinhas, deixa claro que só um asno ainda é capaz de confundir cabelos compridos com cromossomos. Com a moda dos brincos, tudo se tornou pior. Morei muitos anos em um prédio. Vi crescer o filho da vizinha, um garoto tímido. Imaginei que se tornaria um intelectual, dedicado ao estudo de temas fundamentais para a Humanidade, como o significado dos símbolos ou os símbolos dos significados, tão frequentes nas teses acadêmicas. Recentemente, nos encontramos na rua. Tinha duas argolas largas, uma em cada orelha. Parecia um pirata. Virou guitarrista. Quis ser gentil:

— E seu amigo de cabeça raspada, também está na banda de rock?

Era a namorada, que me fixou com olhos enfezados. Fiquei vermelho até as orelhas. Meu espanto é, simplesmente, fora de moda. Reconheço. Cheguei a pensar em pôr um brinco. Soube que o furo é feito com uma máquina, bem depressa. Depois, usa-se uma argola de aço inoxidável algumas semanas, até cicatrizar. Assim, também poderia ganhar um toque pirata. Fui me aconselhar com um amigo. Recebi uma dose cavalar de sinceridade:

— Do jeito que você anda gordinho, não adianta botar brinco. Para aparecer será preciso pendurar uma cebola.

Lembrei que poderia optar por um diamante pequenino mais faiscante. O conselho:

— Tente. Mas, se você parar em semáforo, algum trombadinha pode levar a sua orelha.

Que vida! Na barriga, nem pensar. Ando usando calças apertadas, para ocultar a pança. No nariz, pior. Se tenho alergia só de olhar para minha cunhada! O fato é que cada vez mais pessoas usam brincos, em lugares cada vez mais surpreendentes. Observo meus lóbulos intactos e sinto-me uma espécie de dinossauro.

Posso arregalar os olhos com os exageros, mas que o brinco dá um charme selvagem, ah, isso dá! Bem que gostaria de ter um toque animal. Quem não?

Um dia, eu me decido. É só questão de criar coragem.

20. Homem na cozinha

Descobri que estava me tornando um pré-histórico quando, durante um almoço de negócios, ouvi dois executivos discutirem minuciosamente uma receita de frango com ameixas. Respirei fundo e resolvi me dedicar às panelas. O homem é, por natureza, um *chef*. Arroz, feijão e bife são apanágio das mulheres que, afinal, cozinham por um dever ancestral, contra o qual vivem em rebelião. Muitos homens são incapazes de cozinhar brócolis, mas fazem sucesso com pratos como frango no chocolate ou alguma ousadia do tipo. Decidi, assim, começar como todos: um mestre incapaz de fritar ovos, mas digno de um *cordon bleu*.

Convidei algumas cobaias para almoçar. O menu: codornas ao molho de rosas, do livro e filme *Como água para chocolate*. Usei vinho de terceira e flores que arrumei na porta de um cemitério. Passei boa parte da noite anterior amarrando as pernas das codornas e fazendo o molho tinto. Ao terminar, experimentei: tinha gosto de petróleo.

Tive um momento de insanidade: pensei em levantar bem cedo e comprar comida congelada. Resisti. Fiz o molho de novo. Não ousei experimentar mas deitei-me com um sentimento de realização digno de Dona Benta.

Duas convidadas voaram da mesa quando apresentei as avezinhas com as coxas para o alto, cobertas de pétalas vermelhas.

— Parece despacho para a pombajira — declarou a mais atrevida.

Suspirei. Chocados diante do cardápio, todos os convidados bebiam vinho ao mesmo tempo. Sem tocar nas mimosas. Comi duas rapidamente, para estimular os outros. Estavam odiosas. Tentei:

— Ah, que delícia! Comam, comam!

Timidamente, uma moça dissecou uma coxinha e mastigou durante meia hora. Os outros esconderam as codornas embaixo do arroz. Suspirei. Pensei que fora derrotado. Nada disso.

Tornei-me um sucesso. Na minha roda de amigos, comentam largamente minha habilidade culinária. Afinal, fiz as codornas que protagonizaram um filme. Eu me exibo:

— Não é difícil. Quer a receita?

Enquanto as mulheres me observam com admiração, os homens do grupo discutem receitas próprias. Antes, era impossível achar quem cozinhasse. Hoje, a culinária tornou-se um atributo tão importante para os homens como jogar futebol, quando eu era criança. Cozinha é coisa de macho, enfim.

Tenho um amigo, o Armando, que sofre com isso. Durante anos foi esperado em todos os almoços e jantares, com nervosismo. Era coberto de atenções, carinhos e gentilezas até se refugiar na cozinha. Reinava. Um dia, chegou mais tarde, com andar de astro e um saquinho de cheiro-verde na mão. Mal foi cumprimentado. Os convidados devoravam rolinhos de *sushi*. Rogério, o dono da casa, sorriu cordial:

— Aprendi culinária japonesa. Hoje você descansa!

Horrorizado, Armando descobriu que caíra numa arena: os homens não só faziam questão de cozinhar, mas competiam entre si com especialidades diferentes. Existem mestres do lombinho de porco, príncipes do tutu de feijão, samurais dos cardápios orientais. A maioria, como eu, gosta de pratos inusitados, como macarrão com amendoim. Também a maioria sofre com as mesquinharias: são capazes de servir algum extravagante prato russo, mas se esquecem de pôr sal.

Cada almoço ou jantar se tornou um campo de batalha. Soube de um diretor de uma grande editora que só visita os amigos munido das próprias facas, que carrega na pasta de executivo. Cumprimenta os donos da casa e corre para o fogão. Cozinha, serve e depois se despede.

Meu amigo Armando, hoje em dia, quando é convidado para jantar, nem olha o que está na mesa. Vai para a pia e faz molho à vinagrete ou salada de batata.

Pessoalmente, criei outra estratégia. Faço doces. Homem em geral não se atreve a tanto. Pois comprei um livro de receitas francesas e já perpetro uma espécie de torta rústica chamada de *clafoutis*. Leva frutas, ovos e leite. Minhas primeiras tinham a consistência de uma pedra, mas os amigos se deslumbravam com o sabor original. Recentemente, devia levar uma para depois do churrasco de sábado. Esqueci no forno, ficou preta. Raspei com a lixadeira. Criativamente, ocultei as cicatrizes com clara de ovos batida com açúcar. Adoraram.

Não sei como conseguiram se erguer da mesa e sobreviver. Recebi os cumprimentos com ar modesto. Homem faz tudo por um elogio.

De cliente a vítima

21. Gafes na linha

Sempre que devo falar com alguém importante, sinto certo nervosismo, mesmo que a pessoa esteja esperando meu telefonema. Passar pela secretária costuma ser um constrangimento. Ligo, por exemplo, para um amigo executivo. Dou meu nome. Ouço a pergunta:

— De onde o senhor é?
— De Marte. Acabo de aterrissar.

É impressionante o número de vezes que já me perguntaram de onde sou. Dizer o quê? Onde nasci? Outras fazem o gênero íntimo, mas mais falso do que uma jiboia ao sorrir para um coelhinho.

— Oi, querido. Um instantinho, meu amor. Ele não pode atender, coração.

Não sou de ferro: adoro ser chamado de meu amor. Imagino a desconhecida do outro lado. Será uma beldade? Ou tem o rosto cravejado de espinhas? Mas certas espinhas são tão charmosas... Desisto. Sei que chama a todos de meu amor, a melosa.

Também não faltam as rígidas, que ultrapassam o limite da gafe para a indelicadeza total. Um amigo acaba de se separar. Ligo para dar solidariedade. Ouço um rosnido e uma voz metálica:

— Poderia me adiantar o assunto?
— É particular.

A voz ganha um tom mais irritado:

— Ele não gosta que eu passe a ligação sem saber do que se trata.

— Explique que é sobre sexo.

Ouço um suspiro nervoso. Logo ela retorna, a voz melodiosa. Descobriu que sou amigo do chefe.

— Já vou passar para eeeeeele!

Só falta oferecer cafezinho pelo telefone. Reflito: como é falsa a Humanidade. Mas franqueza também é fogo:

— Vou ver se ele pode atender.

É possível uma resposta mais fina, mais elegante do que essa? Nem mamãe dinossauro seria tão sutil. Se existisse lei para o comportamento das secretárias, algumas mereceriam um bom processo. Como as que perguntam:

— O senhor é da parte de quem?

— De mim mesmo, faz favor.

Quanto mais importante o figurão, mais importantes algumas secretárias se sentem. Ficam tão esnobes quanto a rainha da Inglaterra. Algumas gastam todo o salário em roupas de seda, cabeleireiro, bijuterias caras e perfumes — até andam mais bem vestidas do que a mulher do patrão, mesmo que o saldo no banco atinja o vermelho e vivam numa roleta financeira com os crediários. Nervosas, atendem ao telefone como se estivessem deitadas em um sofá de veludo:

— Eu não sei se ele vai poder falar. Está muito ocupado.

Muitos homens, é verdade, adoram ter secretárias tão arrumadas quanto um *poodle* e com o comportamento de um *dobermann*. Outros sofrem. Sabe-se que são comuns as secretárias com ciúme do chefe. Odeia voz de mulher.

81

— Mas ele pediu que eu ligasse para combinar sobre hoje à noite.

— Deixe recado, é melhor. Ele está falando com a esposa.

Se houvesse o código penal para secretárias, a pena máxima deveria ser aplicada para os casos em que elas dizem, com olhos de vítima, após provocar alguma tragédia:

— Não chamei porque pensei que...

Deduzir que, imaginar que, achar que... isso leva qualquer um à perdição. Principalmente o chefe de uma secretária que goste de achar. Certa vez uma arquiteta me atormentou durante meses para que eu lembrasse seu nome para uma entrevista, quando escrevesse sobre decoração. Um dia, telefonei. A secretária:

— A coitadinha está exausta. Acho que não está com cabeça para falar com você.

Quando passou o recado e a arquiteta me ligou aflita, era tarde. Eu já havia escrito a reportagem. A arquiteta gemeu ao telefone e murmurou algo como "eu mato a...".

Enfrentar situações de saia justa faz parte do dia a dia da secretária. Talvez por isso atuem como se cada telefonema fosse um ataque inimigo. Evitar as gafes não faz mal a ninguém. Um ex-prefeito de São Paulo certa vez ligou pessoalmente a um empresário e se anunciou à secretária. A moça morreu de rir.

— Essa é boa. Diz, quem é? Estou reconhecendo essa vozinha...

Está procurando emprego até hoje. E não ri nem em show humorístico.

22. Princesas de butique

Há situações em que me sinto tão charmoso quanto um esfregão. Nada me deixa de moral mais baixo do que enfrentar uma vendedora de loja elegante. Dia desses, fui a uma loja chique no shopping. Está certo: é uma marca da moda jovem e descolada. Mas se gosto de fazer o estilo maduro e assanhado, não posso? Entro. A mocinha me mede dos pés à cabeça. Seu olhar faísca sobre os itens mais cruéis de minha elegância: a calça apertada na cintura, o sapato com o bico esfolado. Agilmente, tento esconder a ponta da camisa que escapou do cinto. Sorrio, tentando ofuscá-la com minha simpatia. Ela não devolve o sorriso. Apenas me encara. Veste uma minissaia descolada, cinto largo, e tem olhos de princesa que parecem dizer:

— Sou fina e você, um barrigudo.

Pergunto timidamente por uma peça em promoção. Ela me encara, como se dissesse:

— Eu sabia que você era o tipo que vive atrás de desconto.

Do fundo da loja, avisa que a peça está fora de estoque. Não me oferece outra. Rastejo para fora. Será que tenho cara de pobre? Depois, penso: rica ela também não deve ser. Fico imaginando a princesa à noite, numa quitinete, lavando a tal saia descolada na pia. E dormindo num beliche. Em cima. Na parte de baixo, dorme a irmã, vendedora de eletrodomésticos. Sinto-me vingado.

Mas há histórias piores. Aliás, em se falando de ser humano, sempre há uma história pior. Passei meses namorando umas cadeiras de palha, em uma loja de decoração finíssima.

— A vendedora foi extremamente simpática. Comprei. Mas, 45 dias depois, me entregaram as cadeiras erradas. Liguei, reclamando.

Descobriu-se que o engano estava no pedido. Falei com a vendedora, que alertou:

— Eu nunca erro.

Eu me senti ignóbil. Se ela não erra, o errado sou eu, convenhamos. Mas lembrei: fiz as compras acompanhado de uma testemunha, que confirmava minha versão. A vendedora suspirou, como se eu fosse o agente de uma trama odiosa. O tempo passou, e as cadeiras continuaram as mesmas. Certo dia me ligam da empresa para me cobrar uma quantia. Explico que paguei à vista.

— Deve ter sido o computador.

Explico a ele que os computadores não têm a alma tendenciosa da espécie humana e não inventam dívidas por conta própria. Ele resolve:

— Vou falar com a vendedora.

Socorro! Mais um mês se foi. Finalmente, as cadeiras foram trocadas. O que dá mais raiva é que, quando olho para as cadeiras, não sinto prazer, mas mágoa. Imagino que os maridos traídos têm a mesma sensação. São canibalizados por uma sereia sedutora e depois descobrem que era só palha.

É claro que quando falo de vendedoras incluo os homens. Acho um absurdo essa mania, na língua portuguesa, de colocar o plural sempre no masculino, mesmo que haja apenas um homem cercado por 1 bilhão de mulheres. É que, nas lojas chiques, elas são maioria. Outro dia estava numa loja de grife masculina. O rapaz foi sincero. Assim que me entregou a compra — três camisas — comentou:

— Não uso essa roupa porque o preço é exorbitante.

Fiquei com cara de asno. Há também os tipos que querem vender a qualquer custo. Entrei em uma papelaria elegante, no shopping. Pedi uma caneta Bic. A sonsa ofereceu uma Parker importada. Fugi, às pressas. Em joalheira de alto nível é pior. Vejo um brinquinho, penso em dar de presente para minhas sobrinhas. Incauto, entro e pergunto o preço. A vendedora faz eu sentar à força. Senta-se em frente e expõe um tesouro de Ali Babá. Explico que só queria saber o preço do... ela continua a mostrar, mostrar e mostrar. Peço desculpas, levanto. Ela assume expressão crítica. Saio, ombros caídos, fustigado pelo olhar de chibata. E sem saber o preço.

A história mais feia me aconteceu numa loja jovem, que promovia camisetas. Tomei uma chuva, entrei no shopping pingando! Corri para uma vitrine, com cartazes de promoção. A vendedora estava do lado de fora. Perguntei o preço.

— Só posso dizer lá dentro.

— Veja, eu estou molhado. Quero uma camiseta para me proteger da gripe. Quanto é?

— Só lá dentro.

Nem um traficante de drogas seria tão inclemente. Será que lá dentro me forçariam a comprar todo o estoque? Quis responder à chantagem à altura. Espirrei. Voltei para a chuva e caminhei até minha casa. Vendedoras e vendedores revelam algumas das facetas mais demoníacas do ser humano. Não seria mais fácil se, simplesmente, vendessem? Mas o que realmente não entendo é uma coisa: se a crise anda tão brava, por que não fazem um esforço para me cativar?

23. Tijolo na cabeça

Dizem que se um casal consegue passar por uma reforma da casa sem se separar, não se separa mais. Nada é pior. Digo isso porque, apesar de todos os avisos, decidi reformar a minha. Tudo começou com um canil. Eu só queria um lugarzinho para prender os cachorros quando chegam visitas. Uma amiga, em final de construção, indicou-me o pedreiro Benjamim. Expliquei o serviço, ele deu o preço da mão de obra. Quase desmaiei:

— Não é um *flat* para cães, meu senhor. Apenas um canilzinho.

Chegamos a um acordo. Dei o adiantamento pedido.

Dois dias depois, ele me diz que o portão não estava no preço combinado. Tive um acesso de nervos:

— Alguém faz canil sem portão?

Não paguei e ele desapareceu. Corro até a casa da minha amiga, que acabara de se mudar. Fica em um terreno inclinado, com uma descida íngreme que leva à porta. Não vejo nenhuma escada. Choveu, e enfrento um mar de lama.

Ela me recebe com barro até nos cabelos. Pergunto, surpreso:

— E a escada?

Adivinhem! O simpático não fez porque não estava combinado. Como se fosse natural rolar até a porta. Às pressas, consigo uma equipe. Em dois dias, o canil está quase pronto. Decido:

— Quebrem a parede da sala. Vou pôr vidro em tudo.

Eu sei, eu sei. Uma camisa de força seria pouco no meu caso. Eles largam o canil pela metade para arrebentar a casa.

Outra amiga, hospedada em minha casa, chega à noite e avisa que está sem chave. Grito:

— Entra pelo buraco da parede. Se quiser, bota o carro dentro da sala.

A reforma transformou-se em uma epopeia. Tudo está começado e nada acabado. Pior, sem chances de acabar, porque os pedreiros recebem por dia. Nunca avisam que vai acabar o cimento, por exemplo. E sim que já acabou. Quando não sobrou nenhuma canequinha. Aí, vou ao depósito mais próximo. Compro sacos e sacos. Até entregarem, é folga. Patrocinada por mim. O argumento:

— Se tivesse material a gente continuava no batente.

E os pedidos de aumento? Combino um preço. Uma semana depois vem o mestre de obras:

— Eu vou embora. O senhor está pagando muito pouco. Quero mais.

Discurso:

— Você precisa entender que a política econômica do governo, com o Plano Real, é de evitar aumentos sucessivos, e o que eu ganho também não mudou. Veja, a porcentagem que você está me pedindo extrapola os próprios juros bancários.

Ele me encara, tão expressivo quanto uma parede:

— Eu sei, sim, mas já era. Quero mais.

E a comida? No início, magnânimo, avisei que ofereceria o almoço. Responderam gentis que podia ser qualquer coisa. Dali a dois dias, o aviso do mestre de obras:

— Na sexta-feira, só como peixe.

Quase atiro uma lata de sardinha na cabeça dele. Descubro que também não gosta do tempero da comida da empregada, porque é muito forte. Suspiro:

— Onde fui encontrar um pedreiro *gourmet*?

Olho para os cães, irritado. São os culpados! Tenho ganas de enviá-los de presente a algum inimigo. O encanador se aproxima. Quer o final do pagamento. Digo, irritado, que só abro a carteira quando puder pelo menos lavar as mãos dentro de casa. (Sim, eu mexi nos banheiros! Não há uma peça sanitária no lugar. Ele prometeu que arrumava tudo em um dia e eu acreditei, há duas semanas.)

— Botar as pias e os vasos é coisa pra uma hora. Amanhã eu faço — ele argumenta.

Quase me agarro aos pés dele. Sei que vai partir para sempre. Já pegou outra obra, quando meu encanamento se aproximou do fim. O eletricista fez o mesmo: esqueceu o saldo e foi tratar do acabamento de uma mansão.

Ninguém mais me visita há semanas, por causa da bagunça. Também não posso sair por causa da parede esburacada. Fui reformar a casa e reformei minha vida! Mas agora sei como resolver tudo. Vou me transferir para um *flat*. Lá, se eu quiser quebrar alguma parede, o vizinho chama a polícia. É mais seguro.

24. Boticão de ouro

Tenho horror a dentista. Sinceramente, acho que todo mundo tem. Penso até que eles sentem um prazerzinho sádico quando a gente aterrissa no consultório com expressão horrorizada e pede um orçamento. Quem se acostumou com nervo exposto não treme diante de carteiras doloridas. Já passei pela mesma cena vezes sem-fim. Chego. Aguardo numa sala com dois ou três outros sofredores, lendo revistas velhas. Nunca são novas. A secretária anuncia que cheguei. Ele manda esperar. Ponho a mão no lado que está doendo, quem sabe ajuda. Ouço risadas no consultório. Tenho ódio. Como ele pode rir enquanto sofro? Finalmente, é minha vez. A dor parece diminuir. Penso em sair correndo. Abro a boca. Ele pega uma ferramenta pontuda e começa a escavar meus dentes. Todos. Descobre, alegremente, novos pontos doloridos. A cada gritinho, ele sorri, sábio. Até que chega à razão da minha vinda. Espeta. Quase pulo na cadeira.

— Doeu? — ele pergunta, com um sorrisinho sádico.

Começa a falar numa coroa de ouro. Pergunto se é monarquista. Não. Quer coroar meu dente. Enfim, me espeta de novo. Com o preço. Pergunto:

— E sem anestesia, quanto é?

Ele devolve:

— Esse preço é sem recibo.

Porque, hoje em dia, a gente paga a mais se quer recibo. Como se a decisão de sonegar fosse minha, não dele.

Outro dia, uma amiga comentou:

— Comprei um Monza!

Quis ver. Ela apontou a gengiva.

— Está aqui dentro.

Verdade. Foram tantas pontes, viadutos e desapropriações que, se algum prefeito apresentasse ritmo igual, construiria uma nova avenida por semana. Outra amiga ficou seduzida pelo implante de dente. Tanto poupou que pôs dois incisivos na arcada superior. Os pinos, que seguram os dentes, foram encravados nos ossos e chegam até o nariz. Se mastiga forte, ela espirra.

Tive um dentista durante oito anos. Ficava em um simpático bairro de classe média. Enquanto o motorzinho chiava (ah, como odeio o motorzinho), contava piadas. Cada vez que eu ia rir, porém, me reprimia:

— Não mexe a boca.

E contava nova piada, deliciado. Muitas vezes tive vontade de fazer uma loucura. Amarrá-lo na cadeira e tratar eu mesmo seus dentes, um por um. Queria ver se acharia tanta graça no tal motorzinho. E, para completar, faria cócegas quando ele estivesse no meio de uma restauração. Só para ele sentir o efeito das piadas.

No Plano Collor, tudo acabou. Eu havia pago um novo tratamento, quase integralmente, uma semana antes do sequestro da poupança. Quando voltei para a consulta, ele revelou: não tinha depositado o cheque. Queria que eu trocasse por um novo. Lembrei que éramos cúmplices na mesma tragédia. Ele interrompeu o tratamento na hora e deixou um canal aberto em um dos dentes. Contei a história a um amigo, dentista, que ficou chocado:

— Mas ele aceitava cheque?

Dentistas recebem muitos cheques sem fundo e preferem dinheiro vivo. Ou dólares. Mas a culpa também é dos clientes. Descobri um dentista justo, em um bairro com casinhas italianas. Preços ótimos. Seu consultório, numa casa velha, abriga o raio X dentro de um armário embutido. Quando está de bom humor, me presenteia com um vidro de *sardella*, que ele mesmo faz na cozinha anexa ao consultório. Tem poucos clientes. As pessoas se assustam com a aparência exausta das instalações.

Cheguei à conclusão de que talvez os dentistas estejam certos ao incluir um tapete persa em cada obturação. Se os clientes fazem tanta questão de decoração, talvez seja justo pagar por ela.

25. Inflação de bruxos

Você vai ter problemas com uma mulher... morena... vejo que é morena.

— Pode ser castanha?

— É... morena ou castanha. Deve ser castanho-escura. Vejo que você... você... mexe com papéis. É advogado?

— Jornalista. Só que uso computador.

— As cartas vêm de tempos antiquíssimos, não conhecem a informática. Deixa ver... você gosta de escrever!

— Adivinhou.

— Não adivinho, eu sei. Sei tudo!

Estou em um jantar no apartamento de uma senhora elegante que não conhecia. Componho uma expressão embevecida, enquanto ela continua com as revelações. Fico sabendo que uma mulher poderosa se interessa por mim e alguém da família cairá doente. Tenho ganas de gritar:

— Minha senhora, o macarrão estava ótimo. Mas as previsões...

Com o advento da Nova Era, a cidade vive uma inflação de bruxos. Sempre adorei uma leitura de sorte. Mas tornou-se impossível conversar sem se saber tanto quanto um sacerdote egípcio. Mal conheço alguém, vem a pergunta:

— Ah, você é de sagitário? E seu ascendente, qual é? A Lua, onde está?

Pior é quando desembarcam em detalhes:

— Qual é o nome do seu anjo?

Reflito, nervoso. Será uma gafe não ser íntimo do de asas? Disfarço:

— Ih... acho que é Babalu!

Fujo, diante do olhar horrorizado.

Uma amiga foi a um coquetel. Certa famosa atriz agarrou sua mão. Ela reagiu:

— Já tive um filho sequestrado. Não quero saber o que me aguarda.

— Não se preocupe, sou otimista — insistiu a atriz, mergulhando na palma da outra. — Ih... você vai morrer cedo!

A outra quase morreu lá mesmo. Os amadores infernizam. Há também um excesso de profissionais. Existem de todos os tipos: dos que dão consultas a investidores da bolsa aos delirantes. Fui a uma senhora que lê cartas. Toda vestida de branco, gordinha, com a roupa atarraxada no corpo, logo avisou:

— As cartas são só uma indicação. Vejo tudo. Seu pé está na minha mesa.

— Como?

— Seu pé espiritual. Estou vendo suas unhas. Você tem uma micose!

Por aí foi. Fiquei sabendo que viria a ter uma micose verdadeira no dedo mindinho. Concentrou-se nesses detalhes. Errar, não errou. Alguém vai a cartomante para saber de micose?

Delirantes também são os clientes. Um amigo meu é tarólogo. Revelou:

— Tudo indica que não é um bom momento para vender a casa.

— Embaralhe de novo. Quem sabe dá para dar um jeitinho — pediu a cliente.

Sim, porque boa parte dos consulentes, quando não fica feliz, tenta enrolar as cartas. Como o cliente sempre tem razão, é preciso contornar:

— Você disse que eu ia ter uma menina. Fiz todo o enxoval cor-de-rosa e nasceu homem — reclamou uma jovem a um astrólogo que conheço.

— Use o cor-de-rosa. Seu filho vai ter um lado feminino muito acentuado.

A mãe teve uma crise histérica e quer colocar o garoto na musculação aos três meses de idade.

E quando voltam a tempos remotos?

— Em outra encarnação, fui Maria Antonieta. Por isso tenho uma cicatriz aqui, ó. O parapsicólogo me explicou — conta a garota num bar.

— Que interessante — digo, aflito, pois é a terceira rainha guilhotinada a quem sou apresentado na semana.

Ela me olha torto:

— Lembro de você naquela época.

— Sempre me acharam um príncipe — reconheço.

— Coisa nenhuma. Você me decapitou. Carrasco!

Ofereço um drinque, para ressarci-la do pescoço. A rainha vira três uísques. Sinto-me exausto. Boa parte dos profissionais do esoterismo procura dar um panorama das tendências da vida, dentro de uma visão mais responsável. Eu respeito. O duro é encontrar a sorte em cada esquina. Até quem não acredita nas cartas fica gelado se ouve uma previsão horrível. Que dizer de mim, um impressionável?

E agora que escrevi tudo isso, o que pode acontecer?

Acho bom acender uma vela branca. Há quem não acredite em bruxas. Mas que *las hay, las hay*. Com tantas candidatas a feiticeiras rodando por aí, é melhor me precaver. Ou acabo levando uma vassourada na cabeça.

26. Torturas domésticas

Acordo com o som irritante da torneira pingando. A cozinha fica longe do meu quarto, mas meus ouvidos adoram mostrar que funcionam. Levanto. Tento fechar. Sai mais água ainda. Enrolo um pano de prato. Embora tudo esteja bem pior, pelo menos posso dormir: a cascata faz menos ruído do que o pingo. De manhã, inicio a romaria em busca de um encanador. Tento por telefone, aproveitando um cartão que deixaram no meu carro.

— Alô, é do encanador?

Ouço um gritinho infantil:

— Alô, alô!

— Coisinha linda, chama seu pai?

A criança começa a cantar. Finalmente, uma mulher pega o aparelho:

— Ele foi fazer um serviço.

— Posso deixar um recado?

— Liga depois que é melhor.

— Ele foi trabalhar ou fugiu de casa?

Ela bate o telefone. Rasgo o cartão. Saio a pé. Pergunto nas imediações e me indicam uma oficina. Vou até lá. Está aberta, mas só há um balcão vazio. Bato palmas. Um rapaz sai de trás de uma cortina. Exponho meu problema.

— Deve ser a borrachinha — conclui.

O diagnóstico sempre é o mesmo. A tal borrachinha parece ser a panaceia dos encanadores. Explico que moro sozinho e trabalho. Não poderia ir naquele momento? Recusa-se, como se estivesse tão ocupado quanto um executivo da bolsa. Ligo para meu emprego:

— Alô? Tenho de faltar porque a torneira está pingando.

Desligo antes que me demitam. Aguardo. Vejo todos os programas de televisão vespertinos e o encanador não aparece. Volto no final da tarde. Ele me observa, como se nunca me tivesse visto antes. Peço:

— Venha agora.

— Vou amanhã.

Tenho vontade de me ajoelhar, implorar para que conserte minha torneira. À noite, um amigo me ajuda a trocar a borrachinha. Durmo aliviado.

Mas não me conformo. Por que esse tipo de serviço é tão difícil? Cada vez que preciso de encanadores e eletricistas, passo por um calvário. Um amigo meu estava tomando banho. O chuveiro começou a pegar fogo. Ele saiu gritando pelado pelo corredor do prédio. O zelador conseguiu desligar a chave geral e evitou o desastre. Chamou o eletricista:

— Precisa trocar a fiação.

— Do apartamento todo?

— Do prédio. Mas é bom dar um jeito logo no apartamento.

Uma semana depois, novo incêndio. Meu amigo fez um escândalo com o eletricista, mas continua tomando banho frio e está mal falado entre os vizinhos, de tanto aparecer em público nu e aos berros.

As mulheres sofrem mais nesses casos. Encanadores e eletricistas acham que elas sabem menos do que um homem e tratam de enrolar. Uma amiga quis resolver um entupimento.

O encanador:

— São 50 reais.

— Você nem viu o que é!

— Médico também não cobra consulta antes de saber qual é a doença?

Pior é o tipo que diz, simpático:

— A gente acerta na hora.

Chega em casa, enfia um arame para limpar o cano ou aperta a torneira com a chave de fenda. Retira uma rolha com o orgulho de um cirurgião que extirpou o apêndice. Depois, cobra o preço do apêndice. Não adianta argumentar. Eles desenvolveram uma técnica infalível. A gente fala, fala e eles ficam parados, impassíveis, sem mover um músculo, com a chave de fenda na mão. Nunca conheci alguém que deixasse de pagar.

Eles talvez possuam uma sociedade secreta, em que revelam seus planos:

— Hoje arrumei uma válvula, mas botei cimento no cano.

— Consertei o chuveiro, mas desencapei três fios. Espere só até ligarem o liquidificador.

Deve ser o que chamam de união de classe. O primeiro conserta, deixando o futuro armado para o próximo. Se não bastasse, esse tipo de trabalho anda cada vez mais caro e mais difícil. Quando pensava no futuro, eu via livros, frequentava bons restaurantes, tomava cerveja gelada. Agora, só enxergo uma chave de fenda. É possível que nem todos nós conquistemos os quinze minutos de fama. Do jeito que as coisas vão, porém, sempre teremos nosso dia de encanador.

27. Terno χ tênis

É incrível. Os *maîtres* e garçons de restaurantes finos andam mais chiques que a decoração. Se chego descontraído, de tênis e jeans, me tratam como se fosse um meliante. Aparece alguém de terno e gravata, estendem o tapete vermelho. Mesmo que o terno seja tão elegante quanto uma barraca de acampamento. Dia desses, um amigo, diretor de empresa, foi me encontrar em um restaurante de primeira linha. Desembarcou do táxi de calça de preguinhas e camiseta. O *maître* aproximou-se, com um sorriso de boca torta:

— Aonde o senhor vai?
— Almoçar.
— Tem reserva?

Por sorte, eu já estava lá dentro. O restaurante, um deserto. Fomos tratados como candidatos a faxineiros. Quando pedi sobremesa, o garçom me olhou com jeito desconfiado. Como se fosse um atrevimento da minha parte. Nem tive coragem de dar cheque. Ofereci o cartão de crédito, que ele ficou revirando alguns momentos nos dedos.

Porteiros de prédio são piores. Fui visitar uma amiga em seu novo apartamento, em um bairro caro. Calcei tênis e vesti jeans e camisa branca. Falei com a guarita pelo interfone. O porteiro:

— Não sei se ela vai poder atender.

Fico furioso: ele tem de saber de alguma coisa? Por acaso foi contratado como secretário, para tratar da agenda dela? Pois que ligue o interfone e verifique. Ele me olha com rancor. Chega um rapazinho de terno e gravata, todo amarfanhado. Parece que dormiu dentro de uma batedeira de bolo. Mal espeta o dedo na campainha, o porteiro abre solícito:

— Posso ajudá-lo em alguma coisa?

Pior me aconteceu numa corretora de investimentos. Sou atendido no portão por um recepcionista de calça de linho. Peço para falar com um amigo que trabalha lá.

— Está numa reunião e não pode atendê-lo — rugiu o cavalheiro, sem nem saber do que se tratava.

— Só vim buscar um livro. Talvez a secretária possa passar um bilhete e resolver o assunto.

— O quê? Ela não pode, não. Pensa que todo mundo é obrigado a fazer suas vontades?

Fico em dúvida: chamo a ambulância? Loucura tem limite. Mais louco deve ser o dono da empresa, que deixa alguém atender à porta dessa maneira. Em casa, me examino no espelho. Pareço um espantalho? Coisa nenhuma: gosto de misturar paletó com jeans, blazer com camiseta. Igualzinho nas revistas de moda. Talvez o negócio seja botar uma delas embaixo do braço e negociar:

— Olha aqui, seu *maître*. Estou vestido que nem o moço da foto. Não me trata mal.

Com as mulheres é até pior. Uma amiga que faz o gênero descontraído vive sendo barrada. Nem ousa chegar perto de restaurante francês. Costuma ficar ancorada no bar horas e horas, porque nunca tem mesa. Se insiste, é atarraxada no fundo da sala e passa a noite toda tentando atrair a atenção dos garçons. Que fogem, de nariz empinado. Acham brega atender quem parece suburbano. Sem falar das casas noturnas que proíbem tênis. Hoje, por um desses mistérios da indústria, um par tornou-se mais caro do que mocassim. O recepcionista parece sentir um prazer sádico em declarar:

— De tênis não entra.

Fico fascinado ao verificar como certas pessoas adoram bancar o oficial nazista. Um terno pode ter sido comprado a prestação. O jeans pode ser de grife. Analisar uma pessoa pelo que ela veste só dá confusão, pois atualmente, à primeira vista, um encanador e um milionário correm o risco de andar com roupas parecidas. O que me dá mais raiva é que *maîtres*, garçons e porteiros talvez pensem que são tão finos como as cadeiras e os objetos de arte dos lugares onde trabalham. Mas e na hora de ir para casa? Algum deles possui, por acaso, a última coleção de Paris no guarda-roupa? Ou um terninho soterrado na naftalina, para usar em casamento de amigo? Fico imaginando que chegam em casa e caçam caramujos no quintal só para ter o prazer de comentar:

— Em casa tem *escargot*.

O pior de tudo: e se alguém quiser torrar as economias num restaurante de luxo, merece ser mal recebido só porque ganha pouco?

Cheguei a tentar usar terno até para ir à quitanda. Me dei mal. Noite dessas, me emperiquitei todo e fui a um restaurante. Até coloquei minha gravata inglesa com desenho de porquinhos. Adiantou? Percebi o olhar de censura do *maître* cabeludo no instante em que pus os pés no local, na área nobre da cidade. Todos os garçons de jeans e tênis. O único de gravata era eu. Ouvi um comentário:

— Olha o cafona.

Quase choro. Regra vem, regra vai, eu sempre acabo como espantalho. Ai, que vida!

28. Cheque em xeque

O país anda tão desconfiado, mas tão desconfiado, que todos nós viramos suspeitos. Com as facilidades da internet, dos cartões, usamos cada vez menos cheque. Até porque, quando você preenche um, parece uma CPI particular. O vendedor, por mais amigável que tenha sido, lança um olhar de suspeita. E pergunta a primeira coisa que vem à cabeça.

— É de São Paulo?

— Não, de Hong Kong.

Enquanto ele decide se sorri ou me morde, atiro o cheque no balcão e fujo com as compras.

É duro falar em geral, quando nem todo mundo é assim. Acabo injustiçando as centenas de pessoas simpáticas que já me atenderam nos balcões sem me tratar como um mafioso. Mas também sou injustiçado. Sei que a crise, a falta de ética e a corrupção escorreram sobre nossas vidas, precipitando desconfianças. O pior é que todas as exigências não adiantam nada, se o portador do cheque estiver interessado em dar o golpe.

Pedem a carteira de identidade. Ofereço a minha, com uma linda foto em que apareço esbelto, com os cabelos cobrindo as orelhas e uma franja gigantesca sobre os óculos. Algo como uma versão década de 1960 de um cachorro lulu. Sou eu mesmo, mas só os parentes sabem. A vendedora me olha, conferindo. Ou filosofando sobre a passagem do tempo, não sei. Sorri, como se tivesse me reconhecido, o que sei ser impossível. Sorrio de volta, com ar suspeito, e até uma certa emoção. Serei eu mesmo?

Aí, ela compara a assinatura. Acontece que tenho o prazer de falsificar minha própria assinatura. De raiva. Às vezes boto só um rabisco. Pois a vendedora confere e aceita.

Também pedem o telefone e o endereço. Outro dia, desabei na quitanda de uma coreana. Recém-chegada. Comprei um maço de rabanetes, um quilo de batatas e uma dúzia de bananas. Peguei o cheque. Ela estreitou os olhinhos. Expliquei que era especial. As pestanas, dois riscos irritados. Ela olhou o cheque, virado de cabeça para baixo. Chamou um ajudante, um típico nordestino. Resmungaram entre si. Em que língua não sei. Ele explicou:

— Ela aceita se o senhor for virar freguês.

Quase me ajoelhei. Ia gente em casa, e aquelas batatas eram a diferença entre ser um lorde ou um cafona. Prometi passar lá todos os dias, quem sabe até ser sócio. O rapaz tentou soletrar meu nome. Empacou no W. Quase sufocou. Cantei alegremente todas as letras. Ele pediu de tudo: até o endereço da mãe. Escrevi no verso do cheque: *Pirulito que bate, bate / Pirulito que já bateu / Quem gosta de mim é ela / Quem gosta dela sou eu.*

Aceitaram. Até hoje não sei como o banco pagou.

Pode parecer piada, mas é um sofrimento. Faz pouco tempo, estive em um hipermercado de uma rede que está em todo o país. Fiz o cheque. A caixa apertou um botão, acendeu uma luzinha. Explicou que precisava conferir. Esperei meia hora. Ninguém apareceu. Pedi licença, fui reclamar. A moça do balcão de atendimento rosnou:

— Não adianta reclamar.

Chamei o gerente, briguei. Demorou mais meia hora. Aliás, para garantir meu cheque, já chamei até polícia. Estava em um restaurante chinês, com uma amiga. Depois de me conciliar com alguns camarõezinhos empanados, pedi a conta. Fui fazer o cheque, o garçom explicou:

— Não aceitamos.

— E por que não avisam antes?

Ele me mostrou um cartaz na parede. Iludido pelo molho de ostras, eu não havia visto. Expliquei que não tinha dinheiro. Ele correu ao caixa. Vi um chinês velho abanando a cabeça como um leque. O garçom voltou. Eu disse, calmamente:

— Chame a polícia.

— O quê?

— Chame a polícia. Quero pagar, vocês não querem receber. Chame.

Foi um bafafá. Um jovem veio correndo da cozinha. Pensei que ia me soterrar com um prato de sopa de tubarão, tal a fúria. Repeti o pedido, gentil: queria a polícia. Aceitaram o cheque, com suspiros de nervosismo. Houve um momento em que pareciam tentados a me transformar num porco agridoce.

Bilheteria de show ou teatro, nem se fala. Alguns teatros grandes já chegaram a exigir avalista e fazer consulta telefônica para vender ingressos.

Outra ficção é o cheque pré-datado. Há quem faça propaganda que aceita. Mas sei lá por conta de que raciocínio melodramático, o governo proíbe. Todo mundo dá, mas não existe. Resultado: boa parte das vezes em que caí na história, depositaram antes. Foi o caso de uma loja de tapetes, ávida como um paxá. Liguei reclamando. Ouvi:

— Foi erro da mocinha.

— Poderiam devolver, a troco de outro cheque?

— Impossível. Já foi contabilizado.

Eu gostaria que houvesse algum adjetivo além de péssimo. Só para falar do que mais me irrita. Vivi está cena várias vezes. Entro em banco, fico na fila. Espero, espero. Faço o cheque para pagar alguma conta. O caixa:

— O senhor tem conta neste banco?

— Não, mas...

Sou expulso. Não aceitam cheque. É uma desmoralização. Se nem banco aceita, onde é que nós estamos? Melhor vivem os fantasmas. Porque a esses, tudo se permite. Não enfrentam filas e descontam cheques até de madrugada. Não precisam de CPF nem devem ter RG. Endereço e assinatura, nem se fala.

Difícil, mesmo, é estar entre os simples mortais.

Autor e obra

Walcyr Carrasco nasceu em 1951 em Bernardino de Campos, SP. Escritor, cronista, dramaturgo e roteirista, publicou mais de trinta livros infantojuvenis ao longo da carreira, entre eles *O mistério da gruta*, *Asas do Joel*, *Irmão negro*, *Estrelas tortas* e *Vida de droga*. Fez também diversas traduções e adaptações de clássicos da literatura, como *A volta ao mundo em 80 dias*, de Júlio Verne, e *Os miseráveis*, de Victor Hugo, com o qual recebeu o selo de altamente recomendável pela Fundação Nacional do Livro Infantil e Juvenil. Em teatro, escreveu várias obras infantojuvenis, entre elas *O menino narigudo*. *Pequenos delitos e outras crônicas*, *A senhora das velas* e *Anjo de quatro patas* são alguns de seus livros para adultos. Autor de novelas como *Xica da Silva*, *O Cravo e a Rosa*, *Chocolate com Pimenta*,

Alma Gêmea, *Caras & Bocas* e *Amor à vida,* é também premiado dramaturgo — recebeu o Prêmio Shell de 2003 pela peça *Êxtase*. Em 2010 foi premiado pela União Brasileira dos Escritores pela tradução e adaptação de *A megera domada*, de Shakespeare.

É cronista de revistas semanais e membro da Academia Paulista de Letras, onde recebeu o título de Imortal.